◆◆ 中国文学名家散文精选丛书

云河击壤

谭践 著

江西高校出版社
JIANGXI UNIVERSITIES AND COLLEGES PRESS

南 昌

图书在版编目（CIP）数据

云河击壤 / 谭践著 . -- 南昌 : 江西高校出版社，
2025.6. -- (中国文学名家散文精选丛书). -- ISBN
978-7-5762-5619-2

Ⅰ . I267

中国国家版本馆 CIP 数据核字第 2024ML6079 号

责 任 编 辑　邵星星
装 帧 设 计　夏梓郡

出 版 发 行　江西高校出版社
社　　　　址　江西省南昌市新建区工业二路 508 号
邮 政 编 码　330100
总 编 室 电 话　0791-88504319
销 售 电 话　0791-88505090
网　　　　址　www. juacp. com
印　　　　刷　鸿鹄（唐山）印务有限公司
经　　　　销　全国新华书店
开　　　　本　650 mm×920 mm　1/16
印　　　　张　13
字　　　　数　160 千字
版　　　　次　2025 年 6 月第 1 版
印　　　　次　2025 年 6 月第 1 次印刷
书　　　　号　ISBN 978-7-5762-5619-2
定　　　　价　58.00 元

赣版权登字 -07-2024-998

目 录
CONTENTS

第四辑
乡亲述记

第一辑

懵懂辞典

何以云河

近日返家，有位七十岁的老表兄闻讯来找我，跟我探讨一个问题：我们的村名是怎么来的。村子成千上万，命名方式各有不同。有的以姓氏，如孙村、李家庄、单家峪之类。有的以地理，如河西、河东、东峪等。有的以历史文化名人、名门望族姓氏，如羊流，乃是表彰晋代大将军羊祜家族之流风。各有源头与风采。载入地名志时，第一句便是，某村，因某姓立村，或因村处某地，或因诞生某位名人，因此名为某村。

老表兄是位手艺人，我们这地方叫做"锢炉子"，肩挑工具，走村串巷，铜锅、铜盆、铜大缸，哪里有活哪里去，停下即干，干完就走，几十年来，周围几十里内的村子跑了个遍。表兄性格外向，活泼健谈，边干活边跟人聊天，不知不觉就把活干好了。表兄最喜欢的话题是跟人聊村名来历，到一个陌生的村子，必先打问这村名是怎么来的，有何讲头，顺带着把附近村名讲说一遍。如此，表兄成了我们这儿的地名通，据说市里编《地名志》，有位编辑还专程采访过他，采用了他不少意见。

随着时代的进步，人们不再珍惜损坏的锅碗瓢盆，手艺的时代也过去了，表兄也渐渐寂寞下来，有一桩心事却抖落不掉。

有一次在某村做活，说起该村村名来历，主家一直带着佩服和钦羡的神情，表兄感到特别得意。说完该村正待说邻村，主家笑着打住，问："您是哪村？"表兄说：是"云河啊！"主家问："这云河是怎么来的？您也给说道说道？"表兄一时怔住，说来说去，自家的村子，他却不知道什么来历。既没问过别人，也没听别人说过。一时大家都陷入了尴尬。表兄像突然被对手揭了短……回到家，即向几位老人打听村名来历，竟没人说得清，表兄苦恼陡增。

终于，表兄开始开动脑筋，自己琢磨。我们村东边有条不大小的河，汇入柴汶河后流入大汶河，这个事实明摆着，铁板钉钉。村西呢？凤凰山北曾有山洞名为石牛洞，面宽一间屋大小，深不知几里，传说在洞里点火，二里外一个山洞冒烟。洞前积水成深潭，从没干过。表兄说，站在河岸往西看，每天早晨云雾缭绕，下雨天更甚。石洞生云，潭水激发，聚而成大块，远观赏心悦目。有河有云，不叫云河叫啥？其实，那石牛洞被水库淹了，他是看不到云的。但表兄有自己的解释：自古以来，发生那么多事，特别是神话，谁有本事都看见？不都靠想象么？再说，既然洞被淹了，谁也无法证明当时那儿不生云彩。要不，咱村怎么叫云河？咱这样说咱村名来历，不就严丝合缝了吗？表兄说："你再写篇文章，别写我编的，就说是"相传"，把村名来历使劲往前推，再过去百儿八十年，咱这村名来历就成正式的了。"

我深为表兄的想象力折服，怎么看他也不像锢炉子，倒像位隐居乡间的哲学家。

万花筒

老远又听到拨浪鼓的响声了。

那个货郎一摇三晃的走着，我们欢呼着迎上去。货郎放了挑子，从箩筐里拿出一个花花绿绿的小纸筒，纸筒一端有个小玻璃孔，货郎闭一眼睁一眼贴上去，一边摇着拨浪鼓，一边唱："都来看，都来看，没有钱的拿鸡蛋！"我抢先凑上去，学着货郎样，贴近小孔，心顿时跳到了嗓子眼里，那里边太好看啦！货郎慢慢转动着小纸筒，花一般的图案不断变幻，没完没了，从没见过这么好看的东西。货郎倏地收回去，说："别看到眼里拔不出来，叫别人也沾沾光！"小伙伴们围上去，争着看那小孔。肯定是没几个人看清楚，货郎已握在手里，高高举着，得意地问："你们知道这叫什么吗？"我们当然不知道。货郎摇了下拨浪鼓，大声说："这叫万花筒！"又摇了几下，像透露重大秘密似的，压低了声音说："以前可没有这个，科学家才发明出来的。要想仔细看，回家拿钱去，一分钱看一回，一个鸡蛋顶 5 分钱！"我们纷纷跑回家，有钱的拿来了钱，没钱的拿来了头发、牙膏皮、绳头子、玻璃碴、鸡蛋……各种各样的东西。

货郎把万花筒交到我们手里，一边清点着交换物，一边不停地、有节奏的摇着拨浪鼓。时而突然停顿，万花筒就要传到下一个孩子了，这是货郎规定的"暗号"。我们小心翼翼地握着万花筒，放到眼前，屏住呼吸，慢慢转动着。毫无疑问地，大家被这神奇的东西惊呆了，一个个突然严肃起来，像经受了重大打击。轮到我时，我已经想出了最好的享受办法，把万花筒放在两掌间，上下搓动，里边的世界更加繁复多变，幻化无穷，那感觉真是妙极了。这里得强调一句，拿鸡蛋的只有一个人，那就是我，我有理由多看一会儿，拨郎鼓那可怕的停顿还是很快到来了。货郎天天换来换去，锻炼得狡猾而又奸诈，他肯定克扣了我的时间，所以我必须再多看几眼扳回来。货郎急了，径直拿拨郎鼓敲着我头皮问："怎么回事啊你，这么不自觉？"不由分说从我手里抢过去，交给另一个孩子。我恍惚着，一闭眼，万花筒里的景象竟还存留着，真的叫我看到眼里来啦！睁开眼，那景象脱离了眼眶，飘浮到眼前，是要逃走吗？赶紧闭上眼，把它关在眼里，眼睛成了万花筒啦！

到了晚上，夜深人静，星星在天空闪耀。我独自站在院子里，观赏眼中的万花筒。闭上眼，先松后紧，以手揉之，轻重变换，眼里的万花筒比白天还要精彩万分；猛地睁开眼，繁花在黑夜的幕布上，旋转、变幻，由近而远，由远而近，渐渐的进入眼中。

不久，有位小伙伴竟拥有了"私人"万花筒，他也不轻易让人看，谁想看，得换给他一滴墨水或者一张纸，这就跟货郎差不多了，令我们羡慕嫉妒恨。终于某一天，我们中那位外号叫工程师的，趁他不在，从他桌洞里偷出万花筒，当着我们的面，把底部透明的那部分拧下，倒出了五颜六色的玻璃碴子。那些千变万化的美丽图案，竟然都是由这点儿不美丽又不起眼的东西变幻的？我们不敢相信，又不能不相信。

但我眼里的万花筒，始终没变，直到现在。

火柴

在那个时代，火是多么珍贵的东西！刚记事的时候，火藏在火柴里，用的时候把棕红色的一头放在火柴盒同样颜色的一侧，猛地一擦，火就出来了。大人宝贝似的拿着，有风时得两手捂着，凑近什么就能点着什么，油灯亮了，柴禾燃了，鞭炮响了。有时遇到长辈或客人，递一支烟，擦着火柴，双手捧着点上，那含着烟卷的人，就显得特别威严，点着烟卷的人，也就格外有面子。那个时代，火柴也叫洋火。

洋火需要凭票购买，代表着某种权力，由大人支配。我们这些小人物，难道就不需要吗？回答当然是否定的，我们有我们的用处，只是不被大人认可。比如地瓜和花生成熟的秋季，我们打草饿了，难道只吃生的？还是烧熟了味道更美。又比如秋末野草横生的田边地垄，也需要我们撒一把火，学名叫放坡火，把这些野草烧个干净，省得它们把种子散播到田里跟庄稼争肥料……这些事，没有洋火是办不到的。各家的洋火都由大人收藏着，直到需要才拿出来，这就只能趁大人不注意，不动声色地拿上一根或两根，悄悄收藏起来。

除了这个办法，另一个办法就得凭个人本事了。那时小伙伴人人怀揣几根洋火，就像大人们手中人人有现钱。洋火便像钱一样流通起来，像打瓦、猜迷、捉迷藏、摔跤，输赢皆用洋火结算，小伙伴们输光了也不恼，家里总是缺不了洋火的，赢了的不免洋洋得意。有一个夏天，我荣幸地成为大赢家，手里洋火多了，想不挥霍都难啊！有一次走在街上，我无意在两边的白灰墙上划起了洋火，突然嗤的一声，一簇火苗蹿出来！我一路划过去，不知划掉了多少根。那时人们还不知道能够在墙上划着火柴，路过的大人们惊呆了，从那，他们再也不用担心没有洋火盒不能抽烟了。让我颇为自豪的是，这个办法是我发明的。随后，我再接再励，接二连三地发现了在木板上、在硬纸壳上、在石头上划燃火柴的秘密。可见，创造发明必得有一定的物质基础。看到大人们使用我发明的办法，心里那个美啊，就像偷拿了一整盒洋火没有被大人发现。

然而，也有一个人让我很不爽，那个人我管他叫二大爷，天天拿一根胳膊长的旱烟袋，烟袋杆上挑着一支用玉米缨子编的细辫子，那辫子一直冒着轻烟，需要抽烟了，二大爷吹吹火头，凑在烟袋上点着。这就用不着洋火了。

有一天，有个从大城市来的人到了我们家，竟管"洋火"叫了火柴，我觉得特别别扭，好像有人不经我同意，给我取了新名字。那人的样子，也格外陌生而讨厌。父亲擦着火柴给他点烟，谁知他一把推开说："谁还用这破烂火柴啊？"就从口袋里掏出一样锃亮的小东西，啪地一声打开，火星飞溅处一簇火苗蹿出。那人自顾点上烟，扬起手里的小玩艺问，不知道这叫啥吧？这叫火机！话未落地，就把火机装进了口袋。

后来，父亲也有了一个打火机。此时，火柴出现了黑头的、绿头的、黄头的，擦出的火苗却是一样的，也不再需要凭票购买。我也渐渐长大，不再对火柴有特别的兴趣了。

收音机

那个年代，收音机是地位和身份的象征。我们全村没有一部收音机，包括全体社员，包括大队干部。

直到杨明兴先生回来，我们村才有了第一部也是惟一的一部收音机。

杨先生原来在外地当工人，吃国库粮，不知何故竟回到村里，重新拿起锄头种了地，与我们一样，成了修理地球的农民。那时，农民的名字叫社员，我们小孩子，便叫小社员，有一首歌，名为《我是公社小社员》，唱的就是我们："我是公社小社员来，手拿小镰刀呀，身背小竹篮来，放学以后去劳动，割草积肥拾麦穗，越干越喜欢。"

小社员不假，"越干越喜欢"就不是真话了。我们最讨厌放学以后去劳动，越干越喜欢说的是品质好的贫下中农，这位杨先生似乎不在此列。有时，他穿着公家发的大氅，手拿半块砖头大的收音机，在乡间土路上悠闲的漫步。那样子，那神态，让我们一班小孩子十分倾倒。我们不远不近地跟在他后边，听着从收音机传来的天外之音，心中满是疑惑，那么小的盒子，怎么装得下那么多人说话？大家都想摸摸那个收音机，但杨先生不让，我们也不敢强求，他生了气，肯定会把我们赶走。

这位杨先生实在有些神秘。我喊他姑父，至今不知他是哪门子亲戚。之所以叫他先生，是因为大家都这么叫，传说他很有学问，种地之余研究天文、星相，星图画了几大本子，除了他自己，无人能看懂。传说是因他太聪明，说了错话，让公家开除了。

我始终不知道杨姑父原来在何处工作，只知道他家里有很多书，有的书已经发黄了，变得很脆，我跟他外孙女儿一班上学，从她手里，看了几本旧时的课本，记得有《拉金子的驴子》和《火龙衣》的故事。虽然对他的收音机崇拜至极，却没敢跑到他家去听，心一直痒痒的，不断回味那里边传来的美妙之音。

幸亏后来有了小喇叭，那时又叫洋戏匣子，简称戏匣子，一般装在屋门上头，还要从地上接一根电线到戏匣子，叫做地线，有时喇叭声音低了，就往地线接地处浇半碗水，随着水慢慢儿渍下去，声音便慢慢高起来。戏匣子分早中午三个时段播出，印象最深的是早晨，总由雷打不动的歌曲《东方红》开场，接着是广播体操，开始前要说"伟大领袖毛主席教导我们，发展体育运动，增强人民体质"这几句话，接着"一、二、一"的喊起号子，似乎全国人民都在做广播体操。接着，是《新闻和摘要》节目，说得特别多的是"社论指出""社论告诉我们"，等等，字正腔圆，格外郑重，让我佩服得五体投地，"社论"这个人真是不得了，广播里天天在讲他的话。听这些时，我一般尚在睡梦中，或是在被窝里，听的多，懂的少，左耳听，右耳冒。戏匣子虽然也不歪，只能挂在墙上，只能听一种节目；终究不如收音机，可以拿在手里，任意调台，想听什么就调什么。

几年之后，我才摸到了收音机。姥爷退休后，带回一台巴掌大的小收音机，一件精致的皮衣裹着，使它显得很是娇气。我每到姥娘家，进门总是盯上它，以最快的速度拿在手里，调来调去，听来听去，很少找到满意的节目。大家都夸我聪明，这么小就知道怎么调试，他们大人还不会呢！

收音机成了吸引我经常去姥娘家的诱饵和重要理由之一。我想拿回自家，姥爷却也稀罕得宝贝似的，不肯答应。我多么想有一台属于自己的收音机啊。

参加工作后，我马上筹资八九十元买了一台短波收音机，花了我两个多月的工资。我带着回到老家，拿在手里，像当年杨先生那样漫步在乡间小路上，后边却没了追逐的孩子们。

有次我到杨先生家，他那台收音机，已经老得有点走样了，却擦得干干净净，摆在桌子上，正播放着当时的流行歌曲《在希望的田野上》。

手表

　　我终于戴上了自己的手表，明晃晃，亮晶晶，太阳下，闪着梦幻般的光芒。秒针一刻不停地走着，夜深人静或放在耳边，就有嗒嗒的声音，像心跳一样有节奏的传出，时间马蹄般轻捷地踏在银白的表盘上，永不止息，清脆悦耳。年轻的心应和着跳动，驰向魅力无穷的远方。

　　那一年，我十七岁。

　　那时，我们村有一千多人，只有几位在外当工人的大人，才能戴得起手表，那手表戴在手脖子上，走到哪儿都是大家艳羡的焦点。戴手表的人确实高人一等，走到哪儿都受人尊敬。我们谭家，是村里的第二大家族，只有在城里当商业局长的一位大哥有手表，他参加过抗美援朝，是个功臣，这样的人是应该戴着手表的，否则，怎么显出与众不同呢？

　　庄稼人没有钟表，更没人戴得起手表，幸亏有公鸡，才不至于混沌不清，公鸡就是我们的表。鸡叫头遍，天尚黑着；鸡叫二遍，天露微明；鸡叫三遍，天已大亮。小时侯早晨上学，全凭父亲把握着时间，有公鸡帮着，几乎从没晚过，父亲身体内好像装着一只表，很多时候公鸡没叫，父亲说，快鸡叫了，果然鸡就喔喔叫起来。

有一天，我终于忍不住，斗胆跟父亲说，我也想有个手表！父亲说："你看咱庄稼人，哪有戴手表的？等你长大当了工人，自己挣钱买吧！"我讪讪的，一天一天，日子长得没有尽头，慢得跟蜗牛似的，什么时候才能长大啊！就是哪天长大了，又有谁能叫我当上工人呢？全村当工人的就是那么几个人，我哪会有那么大的运气啊！

又有一天，我还是忍不住，手腕终于戴上了手表，是让同桌浩哥画的。他那时还从没画过什么，我伸出左手腕，说给我画个手表？浩哥没怎么犹豫，拿起圆珠笔就画上了，先画了圆圆的表盘，再画十二个时段线，再画时针、分针、秒针……一笔笔，越画越带劲，越画越像，最复杂的全钢表带，一节节画得就跟真的样。兴奋地戴着这个手表回家，父母却像没看见似的。再到学校，我又让浩哥画，浩哥竟上了瘾，画完一只，又画一只，课下画，上课也偷偷画，我左胳膊只剩一只手表的空了，浩哥还是画个不停，我们都陶醉了。冷不防老师走过来，他是民办的，听说教一个月才八块钱，买不起手表，肯定也从没见过这么多的手表，显然是被震住了。学生犯了错，该老师一般会体罚学生，甚至拳脚加身，这次却相当客气，请我们站起来，捉起我的胳膊看了看，冷静地说，既然你俩这样迷，老师还是不打扰你们了。我上课，你们先出去吧！我们虽然资历浅，却是有些经验的，老师没发火，这却是命令的口气，我们只得腆了脸走出去。浩哥说："我还没画完呢，咱接着画！"想不到他还没忘了带着圆珠笔，不等我同意，就拽着我的胳膊画起来。画完，翻来覆去地端详一阵，说："你看我画得多好，每个表都不一样，时针指着不同的时间，从一点到十二点，全了！"戴着这么多手表，我感到左胳膊一下子重了，也珍贵了，似乎不是自己的，而是哪一个贵人的。浩哥似乎还不过瘾，又找了根短树枝，趴在地上乱画起来，画完了天安门，又画一笼大馒头，正画冒着的丝丝热气。下课铃声响了，同学们纷纷围过来，饭时已到，许多人喉结乱动，想是馋涎欲滴了。多年之后，浩哥竟成了国内知名的大画家，还享受了国务院的特殊津贴。那天，他荣归故里搞画展，约了当时的老师和同学吃饭，酒酣耳热之际，我左胳膊隐隐作疼，便当众公告，那是我们的大画家用圆珠笔尖划的呀！老师微笑，众人起哄："你那可不是一根普通的胳膊，而是一段光荣的、骄傲的胳膊，很值啊！"

那天回到家，父母终于看到了我满胳膊的手表，都笑了，有些无奈，又有些尴尬。父亲终于说："你好好学习，等你考上大学，就给你买块真的！"

那年高考，我幸运地中了榜，父亲兑现承诺，给我买了块最受欢迎的上海春蕾牌十九钻手表。那时，别说上海名牌，就是其他几种普通牌子，既使有钱，也买不到。幸亏当时实行计划经济，任何东西都有计划性，都要按指标凭票供应。更幸亏大舅在十分权威的粮所工作，民以食为天，粮食自然是重点计划对象，买米买面买馒头，都需要粮票，这粮票通过粮所发放，舅舅因此神通广大，托人转面子地弄到了手表的指标，全国统一价格一百二十五元，对于农家来说，无疑是笔巨款，当时地瓜干一斤不到一角钱，白菜有时三分钱一斤，父亲就是靠这两样攒够了这笔钱。

这块手表果然给我带来了不小的自信。全班四十多位同学，包括十几位城里的，戴手表的不多，戴上海手表的就更少了。我颇自豪了一阵。可惜后来，竟不小心丢了，我怅惘了很久。

近几天，许是到了怀旧的年龄，我忽然又想起这块表来，上网搜了一下，竟有卖的，跟我那时的一模一样，只是表面有磨损的痕迹，便买了一只，价格还是一百多元。

我就是戴着这只手表，参加了浩哥的画展。其中一幅，画了当时我们的老学校和教室，校园内那株粗大的芙蓉树花开正旺，似乎闻得到阵阵馨香。时间的马蹄在老旧的表盘上奔驰，嗒嗒的蹄声仍然清脆悦耳。

自行车

　　那时，我们村里管自行车叫洋车，我跟自行车有联系，得益于姥爷和我的三个舅舅，他们全都是吃国库粮的工人，因而，各有一辆洋车，这也是我在小伙伴们之中有些威望的原因之一。长期以来，姥爷和舅舅的洋车让我自豪，用一句现在时髦的话说，是提高了我的自信力。姥爷和舅舅不时来探望母亲，洋车在大门外一放，我们家简陋的柴门立时不同寻常，格外光彩。

　　邻居家也有一辆，是我们村最早的、也是唯一的一辆"洋车"，主人看地跟宝贝似的，平时锁在屋里，从不轻易骑用。要是哪天用了，肯定有大事发生：不是年节，就是走亲访友。有一次走亲戚返回途中突然下雨，他扛着车子回来，说是怕车轮子沾上泥巴。我刚记事时，领着小伙伴到他家看稀奇，他高兴了才能让瞅上一眼，多看　眼都不行，似乎我们会把洋车看少了；不高兴了，就直接把我们轰出家门。他有这么昂贵的宝贝，自然与众不同，一直打着光棍，不知是高处不胜寒呢，还是难以门当户对。

我小时候好住姥娘家，特别是春节后，每年要去过十五。有一年，小姨开始学骑车。一个月光雪亮的晚上，小姨推着车子去了操场，早有她的几个女友等着，她们互相帮忙，这个骑上去，那几个就在后边扶着，也有在旁边取笑的，完全把我晾在了一旁。她们真是太不懂我的心了，我也想学一学啊！我对小姨立马有了满肚子的意见，她平时那么疼我，这时却对我这么冷淡，可见"苟富贵勿相忘"是多么的虚伪啊。作为深受姥娘宠爱的贵客，我又是相当矜持的，小姨不主动把车子让给我，我怎么好意思开口自己要求呢？就这么着，眼看小姨和她的女友一个个都学骑了一遍，我终于心痒难熬，头脑一热，几乎蛮横地跟小姨说，我也要学骑车！小姨惊异地问，你这么矮，能学吗？说着便扶好车子让我坐上去，我确实有些矮了，两腿够不到脚蹬子，刚一上去，还没往前蹬出几步，就歪了下来，连人带车跌在地上。幸亏天冷穿着棉衣，摔得不算疼。如是几次，小姨终于失去了耐心，夺过我手中的车子，转而跟那些女伴们，一五一十的学去了。我待在一边，心中还是跃跃欲试，小姨却再没给我机会。那晚回到姥娘家，我大为不悦。看着小姨，怎么看怎么不顺眼。我大声对大家宣布，小姨和她的伙伴们，都笨得快把车子摔坏了！小姨哄我说，等她学会了车子，送我回家就不用走着了，她骑车带着我，一溜风就到了。我家离姥娘家十八里路，得翻山越岭走很久，来时跟着父母，兴致勃勃，不觉路长；走时小姨送我，意兴阑珊，似乎越走越远，实在走不动了，小姨就得背我一段。要是能坐上洋车，就不用那么费力了。还是小姨疼我，像母亲。整个少年时期，我都以为小姨很大，后来小姨意外去世，才知她只比我大两岁。

上高中时，家里还是没有洋车，幸亏学校就在公社，只有三里路。

班里几十个同学，也都没有。他们就苦了，有的离着二十多里路，每个星期只能往返一次，空手回，背着一大包煎饼来，不论寒暑，可都没觉得苦，学习是那时的主旋律，其他一切都不在话下。

直到去青岛上大学，我仍没有学会骑车。实习时，我与几位同学分到莱西，每天要下到村庄搞市场调查，我们住在县城，要下乡只能骑自行车，其他人都会骑，只有我不会。一位个子很高的城里女同学便用自行车驮着我，到东到西，让我既惭愧又感激，还有些许甜蜜。那位女同学，也许见我长得瘦小，吃饭时悄悄把碗里的肉都挑给我。这短短的日子，一直刻在我的心上。

毕业参加了工作，我仍没有学会骑车。曾与一同学叹道，自行车就两个轮，怎么能够站得住呢？那同学大概从未听过这种问题，报以会心的一笑。

不会骑车，终究是太不方便。有一天，我终于下决心买车学车了。月工资不到四十元，刚够吃饭，只得跟家里要。那时农村实行承包制不久，家家户户都有些小钱了。听说我要买车，母亲很痛快地给了我二百块钱。光有钱不行，还得有票。自行车属紧俏商品，凭票供应。票却不是谁都有的，得托关系，走后门。幸亏有同学在百货公司工作，走他的后门，等了半个多月，才得到了一张票，兴冲冲地到百货大楼，花一百五十多元，买了一辆二六的小金鹿。当晚，在农大操场，由我那同学陪着，一连学了几个小时，终于勉强会骑了。第二天就骑车外出办事，我被夹在两辆大型运货车之间，惊出了一身冷汗。

小金鹿是平把镀铬，车体漆黑，钢圈、辐条都闪光发亮，真的像极了一头惹人怜爱的小鹿。1985 年，我几次骑行近百公里回老家，放在老宅院子里，简直就是一只栖落梧桐的凤凰。一位同学说："你这车子，是你们村精神文明的象征啊！"其间，我还几次从泰安骑到新泰，在县城的大街上，我的车子，也是明晃晃的，惹人瞩目。

见我买了自行车，一同学颇为羡慕，也筹划着要买，找我要票，我自己刚麻烦了那位有本事找到票的同学，不好意思连续麻烦，便辗转找到一位在天津有亲戚的朋友，从当地要了一辆飞鸽自行车的票，同学汇款过去，一个多月才收到自行车，不过车梁不知怎么碰了一点弯，心疼得他好几夜没睡着觉。

彼时，我村结婚流行三大件：手表、自行车、缝纫机。我有一位本家大哥，长我几岁，要娶亲了，钱不凑手，还剩自行车没有买上。定亲那天，便借了我的自行车。后来真相戳穿，大姑娘已经变成小媳妇了，我得叫嫂子。没听说她闹，只是有一个条件，回门时，一定还要用我这辆车子，并且，还得我陪着。那嫂子是个大度之人，现在儿子也早已结婚，有了孙子。有一次见着我说："大兄弟，要不是你那辆车子，我哪会嫁给你哥呢！"

军帽

　　小时候，我最要好的邻居小伙伴大柳，有一顶带五角星的草绿色军帽，放完秋假，他就戴在头上，一戴上，他就跟平时不一样了，走在大街小巷，昂头挺胸，目不斜视。有个叫小蛋的伙伴告诉我，他这是模仿解放军。解放军，谁不崇拜呢？我们也想模仿一下，可我们总觉模仿得不像，因为我们没有军帽嘛。

　　我和小柳关系很好，小柳有时把军帽借我戴一会儿，小蛋也要借，小柳拒绝。小蛋心眼儿多，总对小柳使绊子，小柳被绊倒过几次，有一次帽子摔在泥汤里，弄脏了，小柳更不借了。小蛋无奈，眼巴巴地看着我戴了军帽，昂头挺胸地走上几步，羡慕得直流口水。有一日，小蛋竟也戴上了一顶军帽，一下子，把大柳的军帽比下去了。大柳的军帽已经戴了好几年，洗得有些泛白；小蛋的军帽，崭新，帽沿正中的五角星，红得亮眼。

　　我们三个经常在一块玩儿，他们都有了军帽，惟独我没有，我心惆怅。我知道,他们的军帽是由东北大城市沈阳寄来的,大柳的大姑,小蛋的小叔,都在沈阳。可我的大爷,也在沈阳,为什么不给我寄顶军帽呢?大爷每个月给爷爷寄两块五毛钱,爷爷总要让我写回信,我想趁着这个机会,提出要顶军帽,每次写信都想,可始终没好意思说出口,心底一直氤氲着淡淡的怨气。

几十年后,我前往沈阳探望大爷。大爷于上世纪五十年初来沈阳闯荡,挨尖儿有五个儿子,都已成家立业,也都有了自己的孩子。聊起以往,大爷颇多感慨。他和大娘是普通工人,收入微薄,要养活儿子,也要关照双方老人,日子一直紧巴得刚能喘过气。儿子们的衣服,大的穿了小的穿,一顶帽子,大的戴了小的戴,直到破得不能再用。我突然想起军帽的事,心底平添了一份愧疚。我问起大柳大姑和小蛋小叔,大爷说,大柳大姑一家比他早来十多年,他和小蛋小叔同时来,刚来投奔到大柳大姑家,他大姑父也是我们村,那时才三十多岁,一家人住在沈阳车站旁边一间不到二十平方的小房里,大爷一班同乡来了,无处寄身,就吃住在他家。坑上睡不下,就搭地铺,挤得满满荡荡。有些人找不到事做,住几天不得不返回,没有路费,就跟他大姑借。直到现在,咱村去沈阳打工,还有很多人奔着他家去。大爷和他们一家,一直来往,过年过节互相走动,互致问候。大爷有了立足之地后,也像大柳大姑一样成了老家前往沈阳打工的集聚地,上演着相同的故事。大爷幸运地分得了单位的一套小房,而大柳大姑父直到九十五岁去世,都没能住上属于自己的房子。

回到老家,跟大柳谈及军帽往事和沈阳之行。大柳说,大姑一家,对他们支持可大啦。他结婚,他弟盖房子,父母治病,大姑都曾伸手援助,几百几千都有,他们要还,大姑不收。问起那顶军帽,他一直保存着。

汽车与皮鞋

记不清最早见汽车是什么时候，只记得第一次见到一辆白色小轿车时，我心中是充满了惊奇的。我那时身高也就一米五多，一辆乳白色小车从我面前唰地一声擦过，我的第一个想法是，竟有比我还矮的汽车！接着就想，坐在里边的，该是何等样人物呢？那轿车闪电般驶出了视野，影子却永远刻在了我的心上。那时，离汽车实在太遥远，竟不敢想自己何时能够坐上汽车。

第一次坐汽车时，我已十七岁了。

1982 年 7 月，我与同学一起到新泰县城参加高考，学校不知从哪儿找了一辆解放牌敞蓬卡车，我们一帮通过了预选的学生，一起挤在车厢里，一路颠簸着向县城奔去。

尽管那是个阴天，零星地落着雨点，我的心里却是晴朗而快意的。呼呼的风声，飞掠而过的树木、村庄，还有即将举行的高考，一切对我都是那么新鲜。我们离县城几十公里，不多时就到了，短短的路程，于我却像刚做了一个美梦。梦醒之后，又跌入了另一个梦中，这繁华的县城，我也是第一次来啊。我小心地、惊惶地、不安地踏着县城的水泥路面，满心都是羡慕和敬畏。那时，我见过的城市人，是远在沈阳的大爷和几个堂兄弟，堂兄弟们说东北话，我们管那叫撇腔，我的印象里，不管什么地方，只要城市人，说话必是撇腔的。我观察着县城的各色人等，一边走一边偷听着他们说话，发现他们说话跟我差不多一样。于是，我失望地问一位同学，该同学城里有亲戚，他不屑地骂了一句脏话，说："这里算什么城市啊！"

高考完毕，我们相约着坐公共汽车而回，这种车，我们村里称之为爬子车，却已没有新鲜感了。

我有幸考上一所远在青岛的中专学校，接到通知书时，蓦地想到了一句话："现在是你们的关键时刻，将决定你们以后是穿皮鞋还是穿布鞋。"说这话的，是我们高中毕业班的王老师，王老师教我们历史，他老人家当然是脚蹬皮鞋，长发梳得油光水亮。跟我一起听到这句话的，还有我们班上二十多位同学，大家都大眼小眼的望着他，教室里充满了欲望，似乎看到了多年后自己的皮鞋似的。王老师说这话时，仰着头，目光射向前方，仿佛看到久远以后，我们脚上穿着布鞋或皮鞋的样子，而这时，一只大黄蜂旋舞着，落在了他的头上，幸亏他的头发比较滑，大黄蜂竟摔了下来，跌到了地上。

终于盼到了开学，来到青岛。第一个星期天，跟一位莱芜的一同学逛中山路，在临街一家小门头前，围着黑压压的一堆人，看完究竟，知道那家商店正在削价处理皮鞋，八块钱一双，我穿皮鞋的念头一下子冒了出来，未来的理想曾是那么远，现在却是这么近，真是咫尺天涯啊！但八块钱于我却是一笔巨款，相当于半个月生活费呢！我那同学显然也被迷住了，灼灼目光紧盯了买卖双方好一阵子，最后下定决心，说："咱也买一双吧！"我掏出父母给的八元钱，买回一双平底猪皮鞋。

回到学校，换上皮鞋，立时感到自己大为不同，新的生活从此开始了。

那双皮鞋一直陪我到毕业，后来给了从没穿过皮鞋的父亲，父亲又穿了多年。

火车

我家东邻来生他娘，谷里人。谷里离我们村十八里路，火车从谷里经过，那儿有一座火车站，这使我很早就知道了火车这种东西。来生有个小哨，像微型的排箫，能吹出火车的笛声，很好听，我也老早知道火车是怎么叫了。

当夜深人静的时候，将耳朵贴在我们村的土地上，有时能够听到火车轰轰的响动。清晨醒得早，也会偶尔听到几声悠长而微弱的火车汽笛声。

火车是多么神奇啊，据说，把一枚铜钱放在铁轨上，火车过后，便会成为薄如蝉翼、锋利无比的快刀，可以削铁如泥，吹发立断。我那时，正给生产队割草换工分，苦于镰刀太钝，特想有一把风快的刀。因而经常幻想，有机会带上几枚铜钱，到铁轨上压几把快刀回来。

第一次看到火车是在宁阳县东庄乡，那儿有家粮所，三舅是该粮所的职工。三舅说，粮所门前就是铁轨，每天都有火车从门口轰轰隆隆地来往，我要能去，火车可以随便看。怀着能看到火车的新鲜感，我坐在三舅的自行车后座上，颠簸六十里路，来到了东庄。下车伊始，便有一列运货火车逶迤而过，跑得很慢，像是没睡醒的样子。我多少有些失望。多次和小伙伴们争论，世界上什么跑得最快？比较了毛驴车、自行车、拖拉机、汽车、火车，结论是火车跑得最快。彼时，其他车我都见过，只有火车还陌生着。

在三舅的单身宿舍安顿下来，我口袋里揣着一枚五分硬币，迫不及待地走向铁路，看到磨得发亮的铁轨，黑油油的枕木，我捏着硬币的手却没伸出来，不知为何，我再也没有了把硬币放在铁轨上的兴致。

火车在东庄没有站，不停。那几天，听到火车的轰响或气笛，我便跑出大门，有时正吃着饭，我也会跑出来。粮所的食堂很好，每天交上一毛五分钱，大白馒头随便吃，菜也很香，似乎每顿饭里都有几片肉。我捏着一个馒头，边吃边看，直到像蚰蜒般长长的列车没了踪影才罢，转回头，菜已不多，我便狼吞虎咽。看我吃得狼狈，三舅的工友们说，长大了到我们这儿当工人吧，保管你吃得够够的，还天天有火车看！我觉得遥不可及，但心里还是美滋滋的。

这道铁路，似乎货车居多，最多的拉四十多个车厢，都装得满满的，火车似乎不堪重负，累得直喘粗气，跑得很慢。另有一种车只有八九个车箱，全部是绿色的，三舅说那是客车，上边的人称为旅客，旅客一直坐着，舒舒服服，想到哪儿就到哪儿。便想，啥时候我也能当个旅客呢？

真正当上旅客，是到青岛上学的时候。父母都是农民，没出过远门，大舅自告奋勇，要送我到学校。我便跟着大舅，先坐汽车到了泰安火车站，再坐火车去青岛。大舅随身带着茶杯和一个小茶叶盒，上了火车，刚坐下便泡上了一杯茶。其他人也纷纷拿出各样杯子，都准备泡茶喝了。我想，火车真像在家里一样呢。更让我兴奋的是，从童年就向往的火车，正载着我驶向一个陌生的地方，我将在那儿翻开生命新的一页。

后来，每次坐火车，不管是学校放假回家，还是出差去外地，我都有一种奇特而新鲜的感觉，火车从车站慢慢启动，气笛拖着长音"呜"地叫了一声，车轮开始节奏分明地由慢而快的轰响，这些都会把我带入一种特殊的感觉之中。生活本是不断的出发和抵达，在循环往复的运动中，我们的生活如花瓣般一层层展开，我们的生命则像蝉蜕，不断地蜕去束缚，向着充满魅力的远方而去。

只是，我仍然不时想起来生那个小哨，声音太像火车了。他娘似乎不太喜欢，每次呜呜吹，她都有些忧郁。

电灯

有许多事情证明我脑子不善拐弯，如初听到电灯一词时，就想，这电如何点呢？油盛在瓶子或罐子里，电盛在哪里呢？这当然是我小时候的瞎想。那时，除了电池，很少见到带电的东西。

终于，村里开始通电。村北先用青砖垒起了一间高高瘦瘦的屋子，一村人都叫它电屋子，麦地里矗起一根根电线杆，从公社那边接了电线过来，连在电屋子的机器上。一段日子后，大队部和代销店便亮起了电灯。

一个漆黑的夜晚，听小朋友说，那电灯是如何亮，如何刺眼，我自然惦记着也去见识一下了。但我那时特别羞涩，见了人总躲到一边去，到那样热闹的地方总得有个理由。于是，母亲将为油灯买煤油的任务交给了我，给我五角钱和一个玻璃瓶子。在满天星光下面，我兴奋地走向代销店，老远就看到了门口和窗子透出的灯光。

店里挤满了人，都是像我一样看稀奇的，他们不时抬眼看一下头顶的电灯，兴奋地叫嚷着、议论着、打着呼哨，好像自己的哥娶新媳妇。

在满屋子热烈的目光和灯光中，我小心地挤进店内柜台，抬头仰望着奇妙的电灯，只见灯泡中间燃着比针还要细的一圈，亮似闪电，无数条光线像麦芒一样刺向了我的眼睛，我定定的看着，直到头晕目眩。

那天煤油断货。我提着瓶子，无限满足的回到家里，向母亲交钱时，那五角纸币不见了，翻遍身上的口袋，也没找到。五角钱可不是个小数，煤油一角七一斤，那是三斤煤油，可以点两个月的灯。看电灯的兴奋立时被这沉重的压力赶跑了，我提了马灯，原路返回，绝望地希望找到失去的纸币。从家门口，借着微弱的光，一路低头搜寻，至村中电线杆旁边，一道深深的车辙里，我那五角钱安然躺着，好像正满怀期待，等我带它回家。那电线杆上挂着一只雪亮的大灯泡，是那时村里唯一一盏路灯。

不知是因为穷，还是不认可电灯这种陌生的东西，我们家很长时间没有安上电灯。我对电灯的向往却是一天比一天强烈。有时，我会瞅空走近电屋子，透过百页窗欣赏那里边闪着红灯的机器，听着它嗡嗡地鸣响着，无边无际地想像它的奇妙；或者，独自走到路灯底下，像一个惦念别人东西的小偷，默默地站上一会儿。

随着大多数家里装了电灯，我们家也终于装上了。电灯亮起那一天，我们都像过节似的兴奋，父母还特意买了肉，留电工喝了酒。我们家的小屋子首次被电灯照耀时，四壁都闪着明亮的光，旧家具也像重新发现了自己，焕发出特有的温馨色彩。父母脸上的皱纹舒展着，眼睛里满含笑意，仿佛新生灯光的接生婆。

一天晚上，我正睡觉，觉头顶热烘烘的，双眼被强光刺着，不由挥了一下胳膊，一个很热的东西便落到我的胳膊肘上。原来，父亲正手持灯泡，在我头上找虱子。那灯泡的热力实在毒，我的胳膊上留下了它醒目的唇印，直到现在，仍没有消去。

罩子灯

几年前，友人送给我两个罩子灯，我摆在老家条山几两头，这是个显要位置，进屋一眼就能看见。不管人来人往，众声喧哗，它们只静静地待着，似乎早已甘心退出历史舞台。

两个灯里都有煤油，偶尔有些夜晚，独处时，我会关了电灯，点上罩子灯，默默享受一会儿。灯光亮起，暗淡而温馨，弥散着浓浓的怀旧味道。灯光照在电脑上，照在电视机上，照在光猫和路由器上……这些它们从没照过的东西，肯定会让它们感到陌生和惊奇。

屋外是亘古不变的星空，越接近深夜，星星越明亮；夜黑透了，便不再黑。煤油是灯的燃料，黑夜里的黑是星星的燃料吗？在没有灯的远古，肯定会有不少人眼巴巴地望着星空，幻想摘下一颗星星照明，最好摘下那枚最圆最亮的月亮，或者把太阳光储存起来晚上用。小时候，我也曾有过这种幻想。人类的童年，人的童年，多么天真，多么可爱！谁又会想到，这种幻想终会以另一方式实现？！目前太阳能光伏发电和太阳能照明已广泛使用。

罩子灯之前，我们用煤油灯。随便一个小小的玻璃瓶，剪一个稍大于瓶口的铁片，打一个小圆孔，嵌入一段铁皮卷成的小圆筒，用棉花搓成捻子穿进去，一个煤油灯就诞生了。那时我们习惯把煤油称做洋油，不光贵，还不好买，须十分节省。夜晚，一灯如绿豆，光线仅能照出人的面庞，只有客人驾到，才用针把捻子往上挑得大如黄豆，以示欢迎和尊重。一家人带着巨大而模糊的影子活动，颇似群魔乱舞的慢动作。夏天吃饭在屋外，我要求点灯，父亲呵斥，"费那油？不掌灯你不也没吃到鼻子里？"这理讲得，我哑口无言。

到了初中，除了上早自习，还要上晚自习。早自习天未亮，需点灯照明，晚自习更得点灯了。我们班几十个人，人人面前燃着一只煤油灯，看书写字比做农活需要更亮的光，我们把捻子拨到最大，一灯如豆变成了一束小火苗，火苗上方冒着一缕黑烟，像几十只小烟囱，一堂课下来，人人乌眉皂眼，鼻孔发黑；有时咳出痰来，也是黑的。

突然就有了罩子灯，比煤油灯亮了不知多少倍，我们欣欣然陆续更换。罩子灯不好买，耗油量也大，便成为奢侈品，一般人家舍不得用，在特殊场合才拿出来。闺女出嫁，娘家必得陪送两个罩子灯，和新嫁娘一样拴了红布条放在新房窗台上，夜间闹洞房的赖皮们往往一遍遍吹灭罩子灯，大闹新娘子。罩子灯也是紧俏货，前几天二姑去世，隔壁二婶说，"你二姑出嫁，买不着罩子灯，只得把我那对拿去用了。"

上高中时方用上电灯，教室里明晃晃的，读书写字简直称得上享受了。我们皆刻苦努力，雄心勃勃，为中华崛起而读书，只是不时停电，学校虽备有发电机，似乎经常买不到汽油，晚自习有时还得启用罩子灯。

现在，农村早已不再缺电，年轻人家家装上了空调，各类家用电器应有尽有，私家车越来越多，也有几辆亮眼的挂绿牌的新能源车，一些合适的农家屋顶，正在陆续装上光伏板，太阳能灯也已普及。电灯似乎理所当然，不再有人特别关注。

这样的时代，理应更加需要仰望星空。

钥匙

一把钥匙开一把锁。锁着的，不是秘密就是宝贝。

小孩子便流行起了搜集钥匙，一个个串在钥匙环上。那些搜集得多的，别在腰里，走起路来，故意弄出响声，煞是威风。可惜竟有靠"口令"开门的，阿里巴巴和四十大盗即是，这钥匙，是绝对别不到腰上的。

看到别人把玩着一把把钥匙，我心里也痒得不行，四处撒摸，希望找到几把。可是，尽管我们刚刚搬了新家，竟没有一把锁。大门用木棍和树枝编成，屋门是两扇木板，也用不着锁，大人出门，用一根短木棍别上，就算"锁"上了。家里也没什么秘密，父亲和母亲喜欢把重要的东西藏入一只红色梳头匣子，高高地放在屋门上方的搁板上，以免我们胡乱翻腾。没有锁，自然也没钥匙。

那段日子，我总低头走路，格外注意墙根、墙角和大人们聚集、拉呱的地方，希望有一把钥匙突然跳出来，让我一把抓住。然而钥匙是何等的重要的东西啊，谁人能轻易丢失呢？何况，有锁的人家是那么少而又少。

终于想到了另一个地方，姥娘家，姥爷是粮所工人，能按月领到国家发的工资，家里很是有几把锁的。然而，却远在十八里之外。

姥娘家是我每年必去的地方，特别是过年后，初三随着父母去，正月十五后开学回家。能够经常吃到大米和白面，我往往乐不思蜀。这一年，我却死活闹着提前走。姥娘大为惊异，禁不住我死磨硬缠，派小姨将我送回。回到家，我才松了一口气，将藏在口袋里的宝物拿出来：一共五把钥匙，长短不一，式样各异，铜铁都有，都磨得闪闪发亮。小舅的一个不锈钢钥匙环，也属于我了。这些都是我在走前一天偷偷搜集的，有的从锁上直接拔，有的从姥娘钥匙串上取，从一到姥娘家就观察，直到那天突然下手。怕夜长梦多，被人发现，三十六计走为上。

后来经常想，姥娘发现钥匙丢了怎么办？会不会怀疑我呢？姥娘见人就夸我老实、聪明，是个好孩子，应该不会想到我会偷走钥匙。想想也就放下心，拿姥娘家的钥匙不能算偷；再想想还是忐忑，觉得自己终究是个小偷，那些钥匙都不怀好意，像一件件证据。我没拿出来炫耀，藏在炕席下边一个角落了。

后来，因新家挨着学校近，班上的钥匙便由我掌管。终于有了一把名正言顺的钥匙，那年五月端五，母亲为我绣了个装满艾蒿的小荷包，荷包下边打了个结，将钥匙拴了挂在我脖子上。每天一大早，我第一个来到学校，打开门，一团黑暗涌来。散了学，我最后一个走，把课堂一大的安静和喧闹锁上。荷包散发着淡淡的艾香，钥匙也磨得越来越亮。

有一次，我把藏着的那几把钥匙一块挂上，它们和教室的钥匙似乎有着某种隔膜，不肯融在一起。

现在，那五把钥匙还在，几十年的时光已经把它们弄得锈迹斑斑，却始终挂在我心中。一把钥匙开一把锁，它们都有各自的用处。我多年来锁着的心事，却没有一把钥匙能够打开。

面包

也许，在这儿，我应该摹仿一下拉美魔幻现实主义作家马克尔克斯《百年孤独》中的第一句话：多年以后，我站在广袤的原野上，准会想起母亲给我品尝一块面包的那个下午。

当时，我们已搬进坟砖砌成的新校，这一带是村子以西，稀稀落落的分布着几户人家。几乎家家门口都有一堆小山似的乱七八糟的石块，预备着随时垒墙砌院。那时，一次性建完一处家院是不可能的，很少有人拥有那么雄厚的实力。

我家也由村东搬了来，只建好了三间堂屋，屋梁和檩都是由老家拆了东屋搬来的。据说，大队划好的宅基地，必须在规定的时间内盖上屋，否则便要被收回。再无能力建大门，只得用长短不一的木棍、木棒、树枝编了个柴门；屋里用土坯垒了碗柜，名曰碗站子。一切都很简陋。好处是离学校只有几百米，听到预备铃声再往学校跑，晚不了正式上课。下了课跑回来喝上一瓢凉水，跑回去还能玩一会儿。

学校围墙和教室也没完全建好，似乎有意为我们准备的劳动课。这天，我们抬了一下午的沙，到放学时，我已累得头昏眼花，饥肠辘辘。

那时，我们村的主食是地瓜面煎饼，配以疙瘩咸菜，一年到头，只有过年或来了客，才能吃一次肉。偶尔割点豆腐，吃个鸡蛋，就要被村人讥为不会过，说全了就是败家子。还有些高产的时令菜，白菜、萝卜之类，放点油盐熬熟，食之无味，难以下咽。吃饭对我来说形同受罚，便常常"绝食"。认识我的人都说我"奸馋"，脖颈上长了越来越深的窝，大人们叫"馋虫窝"。村里有位老医生，比我还瘦，见面就亲切地喊我谭瘦子。他喊做谭胖子的，乃是我本家比我大一岁的家伙，他因到上学还吃娘奶被广泛嘲笑。我想，大概他也总不愿吃饭吧。

饭桌上，干了大半天重活的父亲常常一手拿着黑煎饼，一手拿着一块黑咸菜，貌似香甜地咯咯吃着，知道他是在引诱我吃饭，我无动于衷。父亲急了，一副恨铁不成钢的样子，骂我"烧包"，闲得慌，饿得轻。母亲就要说说我家斜对门，一户张姓人家，半路夫妻，女方原是一个叫什么沟的村，前夫有病去世，改嫁我们村里。两人拉着几个孩子，常年青黄不接，煎饼不常有，咸菜也不常有，各类野菜倒是常吃。有一次吃了槐芽，一家人脸都肿得老高，特别是女的，脸肿赛发面，放着瓷实的白光。她哭丧着脸跟母亲唠叨，那个死命的，请了神婆看病，神婆竟要她喝了他三天鼻涕，病没治好，倒让她一见鼻涕就想吐。可那也没肿脸肿腮的啊！说着往往要流下泪来。她有一个儿子，跟我差不多大，让婆家留下了。那沟里更穷，吃不饱是常态，她惦念儿子，有一次征求我母亲意见，背着她丈夫，给儿子烙了一个盘子大的发面饼，趁儿子来我们村看电影时交给了他。

中午饭不愿吃，晚饭也没好吃的。无精打采的走回家，母亲笑盈盈地说："先洗手，给你点儿好东西吃！"家里能有什么好东西呢？母亲只是安慰我罢了。为了诱惑我吃饭，母亲经常用这法子，拿出来的无非还是我不喜欢的东西。懒洋洋地洗了手，母亲拉开抽屉，拿出一块东西，递到我手上，一股闻所未闻的甜香味钻进鼻孔，它有巴掌大，四指厚，上面金黄，切面密布针头大的小孔。我小心翼翼地咬了一小口，软软的，甜甜的，还有种说不上来的鲜麦味："像四月初，一亩大地的小麦散发着灵魂的馨香"。我很快几口吞进肚里，感觉像打开了无底洞，有多少这种东西都能填得进。我问母亲，这是什么啊，这么好吃？母亲慈爱而又有些愧疚地答："这叫面包，你二哥送来的。就这点儿，都给你了，娘都没舍得尝尝……"

这位二哥，跟我是同一位老爷爷，这时正当着我的班主任兼语文老师，不知他从哪儿弄来的这种稀罕之物。二哥当时有四个女儿，有比我大的，也有比我小的，按辈分喊我做大叔；二嫂有病，一到冬天就憋得上不来气，常年卧在炕上。他们都很需要面包啊。面包不是寻常之物，得来不易，肯定无多，就这样二哥还是给我送了一块。二哥曾向我说起三年困难时期，他在外求学，饭包里装着几片地瓜干，舍不得吃，一点点掰成指甲盖大，放在嘴里细品，味超饼干，世界上最好的美食，莫过于此，我也是同样的感受。

边吃边奇怪，二哥下午还在陪我们上劳动课，这么大的事儿，他怎么一点都不露呢？既没跟我说，也没从脸上看出来。

吃完，抹抹嘴唇，自然是"意犹未尽"，嘴里继续分泌着馋涎，却没了面包。馋涎便一直滴到了未来的共产主义社会，面包堆积如山，我躺在上边，饿了摸起一个就吃，吃了一个又一个，一直吃不饱，一直吃不完——这是那晚的梦，一直延续到现在。偶尔重做这个梦，我都提醒自己，这是梦，但仍是不忍醒来，那种甜蜜，那种快感，惟有在梦中，才能不被干扰的尽情享受。

最后，又想起《百年孤独》，上面说："这块天地还是新开辟的，许多东西都叫不出名字，不得不用手指指点点。"那时，许多东西都已被智慧的人类命名，特别是食物、水果，但是贫穷和距离阻隔了它们的到来。与它们邂逅时，我们不得不心怀惊奇，只是，我们已经不用为他们命名。它们已各安其名，我们只需享用。

吃过面包多年以后，又吃到了从未见过的香蕉和桔子。现在，更是不时享用各种见所未见的美食和水果。只是，第一次吃，都难以留下什么印象。惟有想起那一块面包，便口舌生津，松软香甜的感觉一直弥漫到心中。

现在，二哥早已退休在家。有一次回村跟他谈起此事，二哥茫然，说，不记得了。

书本子

书的话题是很难说完的，一言难尽，一生亦难尽。

此生第一次听到书这个字，记不清确切时间，却确切地记得是夹在书本子中的，这个词从母亲嘴中说出，那个书本子厚厚地，纸张绵柔雪白，摸着极为舒服，纸上有一道道红色竖线，窗棂般均匀排列着，框住了一个个伸胳膊蜷腿的黑色印记，粗看大略相似，细瞧个个不同，母亲说那叫字，是繁体，她只上过两年学堂，认不全，等我长大上了学，能全部认下来时，再教给她，省得她睁眼瞎似的。母亲小心地翻着书，不时翻出一些大大小小的鞋样子，一些赤橙黄绿青蓝紫的绣花线，一些各种各样的干树叶子。我明白了书本子的用处，大约就是用来保存这类东西的。书本子散发出一种好闻的香味，不是肉香，不是苹果香，也不是汽油香，后来才知道是书香。知道是书香时，书本子已经没有了好久好久。有个货郎，经常打着拨浪鼓，唱歌似地一遍遍喊着，香烟、洋火、小剪刀，破绳头子、烂裹脚！循环往复，走街串巷，挑着的是针头线脑和各种小玩具，换走的是瓜干、麦子、鸡蛋和头发。我喜欢一个鸡蛋般大的铃铛，货郎也喜欢，拿在手里晃，叮叮铛铛，铛铛叮叮，清脆悦耳，好听！货郎说："你甭看，这可是黄铜的，不能用粮食换，不能用鸡蛋换，更不能用头发换！用什么换呢？回家看看有什么稀罕物，拿出来，我说能换就能换！"我跑回家，粮食和鸡蛋都很金贵，特别是麦子，除了来客吃，就是过年吃；鸡蛋其实像钱一样，拿鸡蛋换盐、换油、换钱，什么都能换得到，所以能下蛋的母鸡又叫银行，货郎却说不行，可见那铃铛确实不一般！我找来找去，还两手空空，拨浪鼓一直敲，敲，敲，一阵紧似一阵，敲得我心里发毛，干脆像敲的我脑子啦！有几个小伙伴也跑回家找了，要有谁比我先找到，那铃铛就不是我的了。狗急了跳墙，人急了咬人，我突然想起了书本子，平时不用，母亲藏在梳头匣子中，没有锁，我掀开盖子，盖子背面是镜子，我看见自己额头上汗津津地，这是不是偷呢？母亲没在家，镜子会不会记住我？我赶紧拿出书本子，用手抹了几遍镜子，啪地一下合上，飞奔而出。那货郎打着鼓，正有三个小伙伴手里拿着各自的稀罕物，有一指长的黄色烟嘴，画着金鱼的小盘子，还有一盒带锡纸的香烟。货郎喊，就等你啦，快过来评比，我说谁就是谁！我快跑过去，举着手里的书本子，货郎一把抓过去，停了鼓，翻了几页，用拿书的那手抚着我的头说，同志们，我宣布这位小朋友获胜，这个黄铜铃铛就归他了！说完，把铃铛从他那货筐里拿到了我手上，又说，书本子里鞋样子和绣花线很珍贵，我就不要，拿回去给你娘吧！说罢，把书本子小心地放到他货筐下面的柜子里，挑起担子，打着鼓，走了。小伙伴们炸了营，都说我沾了大光，那个破书本子，怎么能算稀罕物呢？

我跑回家，插上了大门，心里惴惴的，惟恐那货郎懊悔。

第二辑

我在其中

借书

上初一时，班里来了本书，书名叫《格林童话选》。我也想看，但书的主人有一个绰号叫大头，他最烦别人叫他大头，我叫的最多，借他的书就难了。

他在我前位，我最喜欢叫他大头，因为事实上，我的头也比较大，但和身子有些不成比例，不像他，头大，但周正。叫他大头，我感到浑身轻松，别的同学也叫，他就急赤白脸地急，这正是我们要的效果，借这个绰号，打闹成一团。他有了这本书，绰号突然没人叫了，大家都排队等着看书，那书大约十分好看，借到的同学，课也不好好听了，把一些课本垒在课桌前面，掩护着偷看。大头的同位也是个书迷，优先借到，课余时间看，上课还看，我跟他关系不错，他看时，允许我凑上，在他后面看。这书实在太吸引人了，一行行文字，似乎都有魔力，把我们吸到书里了。老师正在讲课，我们的心却在书上。老师有些好奇，悄悄走近，趴在我们的头顶看，突然，左右两只手各拧着我们一只耳朵，把我们提溜起来了，同学们轰堂大笑。书，不由分说地，没收了。

下了课，老师把书拿走了。大头急了，书是他哥的，他哥也是借别人的，只允许他看三天，而这是最后一天了。我们这才知道，书原来另有主人，他故意不说破，让同学们排着队等，好显摆自己能耐，这就不对了，怎么办？有人塞给大头一块糖，大头没接，哭丧着脸说，要是不按时还书，拖一天，他哥就要替人家割一天草，还要放一天羊。他哥说了，要是因为他耽误，就让他顶上。听了这个条件，我们都松了口气，这个太简单了，简直易如反掌，就让它延期好了，索性让书留下来，凡是愿意看的，就帮忙割草，至于放羊，我们更是行家，人多力量大，小菜一碟嘛。

可是书在老师那里，得先要回来才是。我们拿出一副承认错误，痛改前非的架势，结伴到办公室请愿，办公室静悄悄地，老师伏在桌上，聚精会神，正在看那本《格林童话选》。见我们进来，老师咧嘴笑了，说，怪不得你们甘愿违犯课堂纪律，这书还真是好看。这样吧，今天这书先归我看，明天一上课还给你们！

老师果然守信，第二天早晨一上课，就把书还了回来。老师头发蓬乱，耷拉着眼皮，眼睛却光彩熠熠，说："同学们，我看了一夜《格林童话选》，这样精彩的书，我以前没看过。同学们很幸运啊，这么小就读到这样好的书了。同学们不用费心借了，老师决定托人买一本，同学们都看看！"

那是我读的第一本大部头文学书，至今回味不绝。后来，我买了好几个版本的《格林童话选》，自然包括老师和大头那个版本。我把它摆在书架的显眼位置，不时拿出来翻翻，像是跟一位老朋友对话。

　　我认识三大娘时，她老人家是我母亲的朋友。那时我只有几岁，既不知道站在我们的山上能看到泰山，也不知道顺着我们的河能到汶河，只是感觉三大娘已经很老了。其实，现在推算，老人家那时不过二十八九岁。

　　我们两家同住在一条街上，三大娘在东头，我家在西头，中间稀稀落落的隔着几户人家，这条街，便是我们几个小伙伴的玩乐场。路是土路，晴天一身土，雨天一身泥，大家都叫我们泥猴子。

　　有一段时间，我们最喜欢玩一种白色汽球，吹起来中间鼓，两头细，头部是橡皮筋一样的圆圈，弹性很大，底部有一个乳头样的突起，我们吹了一个又一个，大大小小的，托在手里，拍到天上，几个人连环地托来托去，真个是其乐无穷啊！有个星期天，一群大男人正光着膀子在一旁打墙盖屋，我们的气球飘到了他们的头顶，有一个碰在一个人的嘴上，我们都得叫他三叔。三叔大怒，破口大骂！其他人都嘻嘻哈哈的，很不严肃，再看三叔，也不是真生气。我问，三叔，这气球是干什么的？三叔没好气地答，就是玩儿的！又有一人说，那可不是随便玩的，是装炸药的！三叔说，别胡扯了，干活！我们继续玩，只是一直没弄明白，这气球这么薄，怎么装得了炸药，装上炸药怎么引爆呢？

这时三大娘回来了，责备道："这些贼熊，谁叫你们玩这个的？快给我滚！"三大娘负责管区的计划生育，我们的气球都是从她药箱子里拿的，"我们"包括她家二小子，跟我一起上学被老师扔了棉袄的那位，有他在，我们就经常玩气球了。他还偷偷送给我一些晶亮的圆环，钥匙扣大小，装在浸着药水的小瓶子里，这个东西相当稀奇，那时我们见过的铁器，大都锈得往下掉铁沫，哪见过这样不生锈的东西。我们不知道它的用处，就更显得神秘。别的小伙伴没有，我视若珍宝，有一次上课，不觉拿出来把玩，老师瞄见，如临大敌似的严肃起来，厉声道，赶紧收起来，从哪儿拿的放回哪儿去！要再看到你玩，罚你外边站一天！我遂不敢再玩，悄悄送给了几个要好的伙伴。

三大娘训我们是常事，大家带着各自的气球一轰而散。三大娘单单叫住我，爱怜地说："你个大熊，全公社得了奖啦！"我茫然，不知得的什么奖。三大娘说："全公社数学竞赛，你得了头名，是状元啦！"我仍茫然，第一次听说竞赛这个词，更不记得参加过竞赛。三大娘无奈地说："跟你这小熊孩说不明白，刚跟你老师和你娘都说了，回家问问吧！我满腹狐疑地跑回家，母亲笑靥如花，虽然不知道到底怎么回事，但知道我考了状元，高兴地合不拢嘴了，拉着我一起找到老师家里，老师乐呵呵地说："前几天那一场数学考试，同时就是全公社的数学竞赛，表叔得了头名，是咱们全校、全庄的光荣啊！老师跟我母亲同龄，按庄乡辈分叫我母亲表奶奶。本表叔虽比老师大着一辈，课堂上也不免受辱，不时挨上一通教训，心中不快，也得忍着。

我手里还牵着气球，老师将母亲拉到一旁，耳语了几句。母亲让我扔掉气球,一阵风将气球吹起来,飘飘悠悠地飞上了老师的房顶,母亲喜气洋洋地带着我回了家。

中午饭,母亲给我煎了条咸鱼,又就着鱼锅炒了一个鸡蛋,我最馋这两样东西。之前,我长久不爱吃饭,母亲才隔三差五地做上一种,改善我的生活。这次竟然同时做了两种,我颇感受宠若惊,同时又有些不安,没记得格外用功,怎么就得了状元呢?往常,两个小妹也要跟着我沾点光,这次是独吞,很有些愧对她们。心虽戚戚然,还是独吞了,又用煎饼把锅子擦得锃亮,半点鱼味都不剩了。

不几天,到公社领奖。领奖台设在羊流完小操场里,操场南边是一个老戏台,后来知道是晋朝大将军羊祜后人建的,前些年被人捣毁,只剩一个土台子。操场里满满的都是各庄各校的学生,戏台上并排着几张桌子,坐了几位官模官样的人物。我站在人群里,心提到了嗓子眼里,说不清是激动、惶恐、难过,还是兴奋。台上有人念了我的名字,我跌跌撞撞地走上台,有人把奖品递到我手里,是一支一拃长的浅绿色钢笔。我也不是状元,而是第十二名,三等奖。

就是这样,还是引得我们村轰动了起来。前几天,三大娘到公社办事,偶尔听说我得了奖,惊喜地说:"那是俺侄儿啊!"从进村到回家,一路传播,都知道我在全公社比赛得了头名状元,我成了小小的村级名人。

自此,我不再玩那种气球和圆环,学习格外用功了,三大娘深深刻进了我人生的年轮。

而今,三大娘已经七十多岁,满头华发,面色红润。我也已年过半百,眼含沧桑,满面风霜。看上去,老人家却是年轻美丽,像一株愈老愈艳的老菊。

夏天的烦恼

麦子黄了梢，甜甜的麦香就飘进村里来了。特别是月圆的晚上，夜深人静，麦香格外强烈，即使插上大门，也挡不住浓郁的香气。布谷鸟鸣叫着从南方飞来，麦季大忙随之开始。这时，学校就得放假，称之为麦假，老师和学生都要回家抢收，在短短十几天内将田里的麦子抢回家，紧跟着，夏季就来了。

开学后，学校给我们加了一个项目：睡午觉，名之为午休课，实在弄不明白，明明是睡觉，怎么叫课呢？似乎只要叫课，就要一本正经，认真对待。从下了上午最后一节课，大约十一点半开始，睡到一点多。午休的场地是教室，有的伸直身子侧躺在长条凳上，有的蜷缩着躺在课桌上，有的干脆趴在课桌上，都枕着书包或是自己的胳膊。我们正是精力最旺盛的时候，哪里能轻易睡得着呢？有人东撒西瞭，晃凳子摇桌子，假装咳嗽，闹出各种动静。有人动动这人的腿，戳戳那人的背，搔搔自己的头……要想睡着，真比登天还难。学校便派了各组组长轮流值班。组长手执三尺长的白腊杆，瞅着谁不老实，轻点一下，以示警戒；还有人睡不着，便规定了时间，再睡不着，就被赶到室外大太阳底下罚站，直到出了汗才允许回来。

这样睡了一阵，总睡不着，父亲便着手给我打草苫子。挑选了刚割下来的又长又白又细的麦杆，支上木架子，一把一把用经绳密结在一起，为让我睡得舒服，特意加了长，铺开可以将一边卷成枕头；加了宽，防止睡着了滚到地下；加了厚，软软地像睡在自家炕上。有了这些好处，草苫子就重了，卷起来竖着抱在怀里，快有我高了，每天早晨上学，我都要抱着草苫子去，放学还要抱着回家，实在苦不堪言。草苫子的好处，却没半点体会。

有个叫小四的，好象比我懂得草苫子的好处，到了午睡时光，便会涎着脸凑过来，跟我挤在一起。这我倒不反对，只是他不管睡着还是醒着，都相当不老实，睡着了会身子乱动，硬将我挤到一边，有时挤到地面；睡不着，拿鬼作怪不说，高了兴还嫁祸于我，引来组长的白腊杆，有几次甚至被罚站。就是这么个家伙，让我觉得有草苫子还不如没有，午睡更成为一人烦恼。

便想着逃避。

最好的理由是到公社买作业本，当然，得本村代销店没有的，还得向组长请假，经过批准后方可行动。准了假，大太阳底下，一溜烟跑到公社驻地羊流，买了本子，飞奔回来，村子去羊流隔着一条河，水草丰茂，鱼虾成群，水中沙细且白，沙滩上指甲盖大的石英片儿闪亮，晃乱人眼。这当儿，水热热的，脱了衣服躺进去，要多舒服有多舒服。不时有小鱼儿从身下蹿过，这种鱼很难捉到，要捉鱼，得到水边堰下，用手去摸。玩够了，站起身子，小风吹过，浑身凉爽。穿上衣服，一路跑回学校，一屋同学都已呼呼大睡。私自下河洗澡是不允许的，怕出危险，是大错误，组长有权报告老师。不过组长们也都好玩，一般睁一眼闭一眼。回到我的草苫子上躺下，没想到小四正睁着大眼，他肯定一直没睡，凑过来低声然而很严肃地问："你这家伙，偷着洗澡了吧？"边说，边飞快地伸出右掌，叉开手指在我胳膊上用力挠了一下，几道白杠就出来了。这是我们验证洗澡的"利器"。小四作势要报告组长，威胁道："这下跑不了了吧？你说怎么办吧？"我恼羞成怒，憋胀着脸答："你说怎么办？咱放了学再说！"

很快就放了学，我卷起草苫子，抱在怀里，觉得比平时格外重。小四，本来想跟我一起请假去买本子，可我讨厌他，不愿与他同行；再说，他走了，我那草苫子就空了，老师如果来巡查，就会发现我不在，那也是令人不安的事。没想到这小子心眼这么小，可能一直醒着琢磨报复我。我痛苦地抱着草苫子在前边走，小四空手跟在我屁股后头，蹦跳着连连喊："怎么办？怎么办？"能怎么办呢？我又不能送给他一个本子，我自己只买了一个啊。我忽地放下草苫子，逼近了小四，问："怎么办？"他说："怎么办？"不觉间，我抓住了他的两只手，紧紧地抱住了他的身子，一个别腿猛地把他摔倒在地，我也跟着倒下去，压在他身上。我纵起身子，骑在他肚子上，两手卡住他脖子，他脸憋得通红，张嘴要哭却哭不出。我问，怎么办？他说，不怎么办了……

这是我记忆中第一次打架，战胜了一向霸道的小四，他再也不敢欺负我了。后来午睡，他宁愿在地上蜷着睡，也不跟我挤草苫子了。很想再叫他上来，终了没能张开口，总觉得欠了他什么。

后来，三狗娶了我的一位外村表姐，成了业务头，赚了不少钱，承包了村里几十亩地，我在外工作不常回家，见面就格外客气。有一次，他说："抽空我们一块喝点儿？"我说："行！"按庄乡，他原来称我表叔，娶了表姐，我又该称他表姐夫，我们于是不再称呼。有一天，听说他病了，躺在床上不能自理，正盼着他好起来小聚，他竟没再好，不久就去世了，给我留下一大遗憾。那位小四，一直住在老地方，只是房子已翻修一新。他原来称我表叔，后来，他本家一位侄女嫁给我一位本家兄弟，我倒要反过来称他表叔了。这么大年龄不好改口，我便直呼他名字。他和我老家相距不远，每次见到他，我都热情邀他来家喝茶，他只是客气的答应着，一次也没来。有一次我宴请几位老师和同学，郑重到他到家里邀请他，他推说有事，热情地拒绝了。

有一位老师，我称之为永生难忘的恩师。

大约小学三年级，一位个子高高的男老师成了我们的班主任，其时，我对他仰慕已久，但从未有机会近距离接触，他站上讲台，我才得以细细端详。老师浓眉大眼（我们造句中夸赞个人形象最好的词句），梳着背头，说话不紧不慢，目光亲切如明亮而温暖的光束，扫视着整个教室。

我那时正在学游泳。会游泳，我们称之为会水，应该是会游水的简称吧。我们村东有一条大河，水清且浅，村西有一座水库，水幽而深。会水的人一般无师自通，在河里呆久了，身子不知不觉浮起来，就想到深水里试，到水库里，浮着浮着就会游了。因而，村里会水的人很多。有一次，会水的一群人赤裸裸聚在水库边上，议论谁是我们村最会水的人。说来说去，公认最会水的人，就是这位老师。有人说，这位老师能一口气绕着水库游好几圈；马上有人反驳，好几圈算什么？人家是想游几圈就游几圈，累了就躺在水面上睡一会儿！又有人说，老师游水时，上半个脊梁始终露在外边，这才是会水的真本事哩……这当儿，我刚学会狗刨，头尽力往后仰，下巴尽力高高往上抬，两脚打着水花，游不了几米就累得气喘吁吁，听到老师水平如此高超，不由得自惭形秽，心生崇拜，想着有机会见识一下该多好啊。

没想倒成了我们的老师，教算术，也教语文。以前那位也是男老师，只是不苟言笑，讲课有板有眼，经常对调皮和成绩不好的学生施以各种体罚：拳打、脚踢、拧耳朵、敲头皮、柳条抽……学生见着，如猫见了老鼠，没有不怕的。而新任老师，完全另一种风格，无论教算术还是语文，经常插进一些有趣的故事，故事讲完，再回到课本，问题迎刃而解，豁然开朗。最大的好处是，这位老师从不体罚学生，提问题时满面笑容，即使你不会，他也不生气，照样笑着让你坐下，说几句鼓励和督促的话，这样的老师谁不喜欢呢？我们那时喜欢玩儿，鲜有喜欢学习的，上课铃响就盼着下课，一周五天半的课，星期一就盼星期六。我们经常吟咏这样一曲顺口溜：今天星期一，我心里很丧气；到了星期二，我心情还可以；到了星期三，一天快一天；到了星期四，心里很欢气；到了星期五，还有一头午；到了星期六，好像吃了块肉。这位老师教了一阵，我们还是喜欢玩儿，但不再讨厌学习了。

我像突然开了窍，几乎迷上了学习。算术课，老师先口述一道加减乘除混和运算的题，让大家比赛谁算得最快，常常是，老师刚说完，我就算出了数字，第一个举手回答。语文课，老师提问，我也经常第一个举手；大家最头痛的作文，老师给我用红笔标出许多好句子，常常积累甲。每次考试，成绩都排在前三名。有一次上语文自习，老师笑眯眯地问，长大了干什么呢，是当科学家还是当文学家？第一次有人问这么大的问题，我一时窘住，不知如何回答，但心里美滋滋的。下了课，我才想，什么时侯能看看老师游水呢？虽未曾亲见，但我后来游泳，已经学着传说中老师的样子了。

老师教到我们小学毕业，便转教他班。我上完初中，离开村子又上了高中，直到高考走出家乡，很少见到老师了。常想着回老家看看他老人家，竟一直没能落实。前几年，老师突然去世，我心中陡添了一块坚硬的、永远无法消除的后悔。

有时在梦中，老师像众人传说的样子，在水库里露着脊梁游泳，我在后边一起游着，也多少露出了脊梁。似乎老师并没有去世。

跟着老师看电影

　　邻村又要演电影了。这天傍晚，我早早吃完晚饭，跟母亲打了招呼，拔腿奔向邻村。邻村与我村隔一条河，宽约二三百米，此时已近冬天，河水不多，水流处支着一块块石头，以便通过时不用脱鞋。来到河岸，四顾无人，只得坐下来，等着有人一起去。这条河，是两个村的孩子"打仗"的主战场，"战事"发生时，两个村的孩子们各在己方沙滩排兵布阵，有时势均力敌，便互掷石子，以击中对方为胜；一方疲弱，另一方便勇敢冲锋，追得对方四散而逃，有时也抓个"俘虏"折腾一番。长此以往，两村孩子互相认识，并结了仇，都想趁机报复，看电影便是最好的机会。那时，谁能拒绝电影的诱惑呢？看一场电影，即使挨顿揍也值啊。我身弱力小，没资格当主战队员，只是一个旁观者，但对方才不管你是谁呢，只要是我们村的，他们逮着即打。独行是极为危险的，易遭毒手，只得结伴而行。这天，我等了好久，不见有人，莫非消息不准确，邻村不演电影？正犹豫着是否回转，远远看见几个大人从林子里往这走，肯定也是看电影的，终于有伴啦，喜上心头。他们越走越近，大声说着话，听声音，有一位竟是我的班主任，也是语文老师，心中大惊，我可不能让他知道我又要去看电影了。白天上课打盹，老师提问，我立起，老师说："你站起来干嘛？又没提问你！"同学们轰堂大笑。老师说："坐下！"我又打起盹来，老师点名让我站起来，我说："我没听清回答什么问题。"老师说："没叫你答什么问题。"就是叫你站起来，要不你快做梦了！"同学们又轰地一声笑起来。老师说："昨晚又去看电影了吧？上学期间，少看电影，影响学习！"正如老师所说，昨晚我们到外村看电影《地雷战》，外村有些远，七八里路的样子，到时天已黑透，还没开演，据说片子正在另外一个村演着，演完才传过来，这叫"跑片"。等片子跑过来，天上星星已经很亮了，看完电影往回走，有几次我差点儿睡着。昨晚刚看了电影，今晚又看，跟老师，实在有点不好交待，我不能跟他们一起，再等另一伙人吧。他们显然没看到我，我隐到一片密林中，看着他们踩着沙子往前走，渐走渐远。另一伙人，我要等着结伴的，却不见踪影。眼看他们身影越来越小，声音越来越低，我心一横，走出密林，跟在他们后边，向前走去。沙沙地脚步声和潺潺地流水声交织着，老师肯定不知道后边跟着一个我吧。就这样过了河，走上土路，走到放电影的场地。场地上空荡荡地，没有竖起挂屏幕的杆子，也没有人山人海，只有几个孩子在追打嬉闹。这时，天已擦黑，只听老师在前面问："不是说好演电影吗，怎么没人呢？"有人答："本来说好了的，又撤了，改在另一个村了。"这个村我也知道，还得走四五里路，他们去不去呢？看样子是去的，我继续跟着吧。到了那村，果然正放着电影，还是《地雷战》，已演到一半多了。好在我已看过四五遍，从哪儿看都能接上头。老师和那几个同伴，看的遍数肯定比我多，他们兴致勃勃地一齐把目光投向银幕，我就在不远处，一边看着电影，一边看着老师，我怕散了场找不到他们，天黑路远，我尽管胆子不小，还是有点害怕。

快散场时，人群开始四散而去，老师们等着全部演完才走。我还是跟在后边，不远不近。他们往哪儿，我往哪儿。他们说笑着过了河，我踩着石头，一脚不慎，跌到水里，鞋子和裤角湿透了，冰凉刺骨。我咬着牙，奋力跟着老师们。

老师似乎一直没发现我……

同桌

同桌有个不雅的小名：狗蛋。真正认识他，是到了小学四年级的时候，学校从村中破旧的小院搬到了村西北边，这原是一大片坑洼不平的土地，搬去时，只盖好了几间教室，还有几间在建。那时每周两次劳动课，每次一个下午，为新学校搬砖、运砖、运沙，便成了我们劳动课的主要内容。

我们的新教室，比起低矮破旧的老教室，那是真正的"高大上"，青石砌基，灰砖垒墙，红瓦盖顶，玻璃大窗，课桌由土台子变成了又厚又长的木板，室内宽敞明亮，整齐有序。

我们都沉浸在新环境的喜悦中。尽管我们知道墙砖是坟砖，门板和玻璃窗木格是棺材板。那时，村北大片坟地被挖开、填平。那些坟是解放前羊流店商号老板的，据说他们最不缺钱，造坟用的砖和棺木又厚又结实，特别是棺材，都用四指厚的柏木做成，多少年过去，竟然完好无损，只是散发着坟墓特有的土腥味。这些就成了我们新学校的建筑材料。

此时，我们上"劳动课"，就是要把这些东西运到学校，还要到东边河里运沙子，从坟地到学校，约有一里路；从河到学校，约有二里路。我们自带运输工具，一根圆滑的木棍，两个人抬着，是砖用绳子捆，是沙用筐子装。我的"搭挡"，便是我的新同桌，小名叫狗蛋。

新教室的课桌，是一块长长的原木板，宽窄不等，六七人共用，重新排了位，我这时才发现了狗蛋，开始对他有了印象。他的座位紧挨着我，我们就算同桌了。他小我一岁，却比我略高，四方脸，黑眼珠，单眼皮，他的身体也是方方正正的，个头不高，肩膀很宽，墩墩实实的像头小牛犊。不知为何，被起了狗蛋这个不好听的小名，因此，他不允许别人叫，你要叫了，他就要跟你握手，直握到你手疼得不能忍受，保证不再重叫为止。要是你想与他角力，那也只能自讨苦吃，他会两手都跟你紧握，那就是双倍的疼。他的劲很大，几乎无人能敌。

我长得瘦弱，劳动时，我和狗蛋极不协调，我在前，他在后，他力气大，走得快，几乎推着我走。走着走着，我的肩膀疼了，腰也酸了，忍不住，要求停下换肩，左肩不承重，很快又压疼了，又喊着休息。这样就落在同学后边，他不甘心，急咧咧的，催我赶紧上路。又索性把木已靠在他那边的重物往他那儿移，几乎紧贴着他了，我轻松许多，心底生出一种无法言说的感激。一节课下来，我两肩红肿，火辣辣的疼，他则没事人一般，颇有点闲庭信步的意思。这个狗蛋，简直是个大力士啊！

那时，班里已有些小团伙了，男生，女生，学习好的，家族近的，一个生产队的……只有狗蛋特立独行，哪个团伙也不入，又似乎属于每一个团伙，团伙之间常有小冲突，狗蛋便以自己的判断，主持正义。同学们已发育得有些肌肉了，男生来回屈伸胳膊，上臂的一块肌肉便会乱动，我们称之为老鼠，经常互相比试，类似眼下的亮剑，以大而结实者为胜。没人见过狗蛋的老鼠，他最擅长拉架，两手分别将撕打在一起的两个人的老鼠一把逮住，那两人马上塌了架，一边呲牙咧嘴的跳开，一边恨恨地望着他，却是再也不敢打了。他嘴有些笨，善于用力气说话。

他还有一些绝活。我们村西是一个大水库，下边是一大片苹果园，属于大队共有。秋天，苹果满枝，看园子的便在中间用檩条扎起了高架子，站在上边，瞭望整个园子。架子旁有一条穿过果园的路，通往水库。这两个地儿都是我们常常惦记的圣地，不上学的时候，我们用镰刀把背着草筐，穿过果园到水库钓鱼，路两边苹果香气扑鼻，架子上看果园的人虎视眈眈。经过架子时，狗蛋示意我们继续走，自己倏地蹲到了架子底下。我们走出果园，他也慢慢跟了上来，草筐上边盖着草，下边可就是大半筐苹果了。有时，他还要变戏法似的从褂子里掏出几个，他的褂子扎进腰里，能装不少苹果呢。他总要分给我们几个，共享胜利果实。我们边钓鱼边啃苹果，此时，狗蛋是不和我们在一起的。水库有一个放水闸，一级级由上而下，每个平面有个放水孔。我们就在放水闸与水面齐平的地方钓，钓具很简单，一根细线，或一根柔韧的草梗，拴上一小块蚯蚓，看到鱼咬住就猛地提上来。水很清，鱼还很傻，都在水面上，也能看清几米深的游鱼。狗蛋不屑于此，他最喜欢水库边一个很难爬下去的水湾，他是正规军的装备，有很长的钓线，有鱼钩，他将鱼钩甩出很远，稳稳地坐等鱼儿上钩。我们嬉闹着钓起一些手指长的小鱼时，他那儿已经钓上几条半尺长的鲤鱼或鲫鱼了。这个他就不分给我们了，一条条放在草筐里，和红通红的苹果仁一起，盖上青草，美滋滋地撅回家去了。这个狗蛋，真是太潇洒了！

我很以狗蛋为荣，因为我们是同桌嘛。

可惜他学习成绩一般，又比较调皮，年底评三好学生，有我，没他，我心有愧，他不在乎，来年劳动，照样积极。

那时候，我们还没学会计较和抱怨，没学会偷奸磨滑，也没学会通过语言表达感激。偏偏这种感激却保留下来，让我一生不能忘记。

初中毕了业，我们很少在一起了。他当了一座乡镇煤矿的副矿长，退了休帮亲戚在外地打理宾馆，年前我们通了话，过年回家要一起聚聚，喝上一杯。我兴冲冲地回去了，还没给他电话，就听说他病了。给他打电话，不通。辗转找到他，他正躺在医院病床上，因手术不能说话，看来是要在病床上过的年。我握住他的手问，认识我吗？他有些呆滞的眼神亮了一下，正握着我的手一紧，几滴泪水从眼角渗出。

长大了才知道，乡下有俗，孩子起个贱名，好养，长寿。他有一个很场面的大名，我单单不提，只叫他的贱名儿狗蛋。狗蛋啊，你尽快好起来吧，我们等着你喝酒、钓鱼、偷苹果……

　　三年级时，村里建了新校舍，师生们从村中心的土屋子迁进了宽敞明亮的大屋，学校喂的几只羊也从原来柴草围起的羊圈迁到专门建的羊棚里。新学校在村子西北边，离我家很近，也就二三百米，打预备铃从家里走，晚不了上课。

　　近水楼台先得月。我和几个家离得近的小伙伴，得到了为学校放羊的权力。

　　那年刚放秋假，岭地的花生和地瓜都还旺生生的长着，洼地的玉米和豆子也还没收割，我们赶着几只羊，今天在岭上放，明儿在洼里放，羊爱到哪里吃就到哪里吃，想走就走，想停就停。人和羊，都自由自在，像天上的云彩。看泊的张打油气哼哼地，气歪了鼻子。我们告诉他，这是学校的羊！校长说过，学校的羊属于公家，有权在各队的庄稼地里放，谁也管不着！这话不是校长亲口告诉我们的，是听某同学说的，我们更乐于让别人，特别是让张打油认为，是校长亲自告诉我们的。

当然，那几只羊也明白这个理儿，踏进庄稼地时，大咧咧的，一个个像主子。但毕竟是公家的羊，觉悟比较高，很少蹿到公家的地里，即使到了地里，啃地瓜叶子或花生秧子，也是浅尝辄止，似乎很懂得爱护。所以，学校的羊很有尊严。我们自家的羊就差远了，一眼瞧不见，就跑到地里，啃起庄稼连命都不要的样子，实在是羊穷志短啊！

这几只羊都是山羊，大的像牛犊子，小的像小牛犊子，都长着长长的白胡子，它们走在满是绿色的泊里，胡须飘然，一片雪白，随意变化着队列形状，从天上看过来，一定像一片白云，飘在绿色的海洋。

张打油背着他那杆破围枪，从早到晚在泊里转悠。我们挎着草筐，手持镰刀，羊在哪儿停下吃，我们就在哪儿打草。打的草也是学校的，羊不光白天吃，晚上也要吃。平时是不准到庄稼地里打草的，我们跟着羊就有了特权。羊儿吃得鼓了肚子，我们的肚子也鼓起来了。香甜的花生和地瓜，生着熟着都能吃，我们可管不住自己，生吃够了，就点起野火烤着吃，随手逮到的蚂蚱，扔到火里，也烤得黄黄的，脆脆的，香死人。太阳落山了，我们草筐也满了，挥鞭赶着几只羊，得意洋洋地，仿佛得胜还朝的将军。

那时，快到八月十五了，还有比我们高一级的同学在为学校放猪。他们说，过节学校就要宰猪杀羊，老师说给他们分一个猪头。又说，你们放羊的，只能分一个羊头了。羊头虽比猪头小得多，毕竟也是头嘛。他们唱，八月十五月正圆，一个猪头等着咱！我们就把"猪头"换成"羊头"，跟他们一唱一和，反反复复，像拉歌似的。

然而好景不长，有一天，竟丢了一只羊。我们把羊赶进羊圈，一点数，少了一只。我们都吓懵了，忙顺着放羊的地方，来来回回的找，我们还"咩咩"学着羊叫，一声声尽力学得像小羊呼唤同伴，像老羊呼唤儿女，想唤回那只羊。羊没唤回，惊动了张打油。他一会儿独自转悠，一会儿跟上我们，一副无限同情的样子，不断地问找到了没有还没找到吗？唉，羊有四条腿，比两条腿的人跑得快，可不大好找啊！我们终究没有找到，却怎么看都像叫张打油藏起来了。他有些严重的幸灾乐祸。

无奈，只得报告老师，学校立即终止了我们放羊的权力。我们只好回家放自家的羊，马上觉得矮了半截，我不愿再放。父亲说："自家的羊不放，学校的羊倒是怪积极！学校给你吃，给你喝啊？"母亲说："那可不一样，学校的羊是随便放的吗？叫谁放是一种信任，品行好学习好的孩子才能捞得着呢。"

母亲的话说到了我心里，可惜，我们把羊丢了，辜负了学校和老师的信任。

一只鸡

　　背着那只鸡，我们悄悄地踅出护林人的小院，心咚咚乱跳，像要蹦出胸膛。出了院门，将柴门掩好，我们匍匐在地，卧在草丛里四下观察，确认护林人没回来，便直起身子，大步逃出林子。

　　林子在河东边，河不宽，静水白沙浅流，我们脱掉鞋子，涉河跑到河西，与林子隔河相望时，我们就已站到了河西岸，回望林子，隐约可见小院的茅屋，蝉在嘶鸣，似乎越来越绝望。我们终于放下心来，即使护林人回来，也无法追上我们了。护林人双腿残疾，拄着两根拐杖，走路时，两拐前探着地，身子向前猛地一荡，走在草丛里，像一只颠簸在水中的小船。我们便叫他双拐，但河床是细沙，仅有一溜大小不等的石头间隔排列成桥，护林人在平地尚可，过这样的桥却是不行，更不能过河，河床是细沙，双拐无法着力。我们喘了口气，颇有得胜还朝的兴奋。

　　鸡是小四打下的，装在面袋里。我出了点子，便由三狗背着。我们就是三个人。鸡没死，不时叫两声，扑腾几下，有人疑惑的盯上几眼，我们心里便也扑腾几下，怎么处理这只鸡呢？当然是吃掉。吃鸡可是大事，农家遇上大事才能杀鸡，一般是娶媳妇、新嫁女带着女婿回门，除此之外，过年过节也不见得会杀只鸡。尤其是老母鸡，下了蛋要拿到集市卖钱或直接换油盐酱醋，是庄稼人的"银行"，万万舍不得杀掉。总之，杀只鸡，跟杀头牛一样隆重。鸡的吃法不多，主要是炖蘑菇，可那得大人来操作，得在家里，有锅碗瓢盆和菜刀。但要叫大人知道，八成吃不成鸡，却有把握吃大人的拳头，偷鸡不成蚀把米，吃鸡不成挨顿揍，我们可不做这样的傻事。我们一边前行，一边商量，决定不麻烦大人，自己动手，丰衣足食。

对于吃，我们已经积累了相当丰富的经验。水里游的，如刚捉的活鱼，包上荷叶，扔在火堆里烧；天上飞的，如麻雀，整个儿用黄泥糊了，也扔在火堆里；至于地上跳的，如蚂蚱等，用小木枝串了，直接在火上烤；地瓜、花生等出土食物，则先用明火燎至半熟，再埋进火堆，盖上湿土。总之，吃什么都离不开火，所以火柴对我们非常重要。好在我们总是有所准备，我们平时游戏的输赢就是火柴，口袋里有几根火柴，便有了底气。

我们决定，这只鸡烧着吃。要命的是，烧熟的东西都很香，无风香三里，有风万里香。香气飘到林子里，护林人准会闻香而来，来个人赃俱获。我们得找个僻静处，人看不到，香飘不出。野地很大，广阔天地大有作为，我们很快找到了合适地方，一条大沟的底处，崖上挂着一线泉水，从一石隙流出，平时我们卷个地瓜叶，把水接到嘴里，清冽甘甜，特别解渴。我们从袋子里放出鸡，鸡已经死了，死不瞑目。我们就近找了些干树枝、柴禾，将鸡架起来，点上火，火苗呼呼响着，似乎比我们还馋，贪婪地舔着鸡的全身，鸡毛很快被烧掉，露出鸡身，浑身鸡皮疙瘩，我们闻到了鸡肉的香味，身上也起了一层鸡皮疙瘩，一只活生生的鸡，就这样葬身火海了。

我们正专心操作，冷不防一个大人踅过来。这人名叫二强，在生产队里专门看泊。大人们常说，看泊的都是二流子，此话果然不虚。二强冷眼看我们，嘴角挂着一丝嘲讽的笑，显然不怀好意。他十分有把握地问："可逮住你们了。不偷花生，改偷鸡了？偷了鸡还公开烧着吃，真是胆大包天啊！"我们都被吓住了，呆若木鸡，火上的鸡正滋滋冒油，香气愈发浓烈了。二强戏弄地看着我们，摆出一副谈判的架势："说，这样吧，大爷我不逮你们了，老子半年没闻过肉味了，也算我一份！我也不白着你们！"说着，倒背的两手伸到胸前，竟然一手提着几个地瓜，一手提着几墩花生。不等我们表态，便一古脑儿扔在火堆里，蹲在地上吹起火来。火苗呼地一声蹿上来。二强反客为主，说："你们也烤不好，还是我来！"说罢，熟练的把鸡翻来覆去，鸡皮变得金黄时，二强支使我们用他随身带的一把铁锨挖了个浅坑，周遭铺上没烧尽的火灰，将鸡用地瓜叶和花生秋裹了，连同地瓜、花生一起埋在里边，上边又铺了层火灰，加了些柴禾，用碎石子、湿土盖上，炕里的火不灭，没有明火，只冒烟。二强说："这叫焖，那么大的鸡，光用明火烧是不成的，得这么焖一下才能熟透。"

那真是一场前所未有的大餐。鸡肉奇香，地瓜酥软，花生绵甜，二强竟然还带着一小瓶酒，让我们轮流抿了几口。这家伙，真是太会享受了，他为了保护公家财物，不知偷吃了多少好东西。我们狼吞虎咽地吃完，去喝泉水，漱口，洗脸，一副没有吃过任何东西的样子。二强已经喝得醉醺醺，满脸堆笑的说："兄弟们，以后咱们就是一伙了，再偷了鸡，别忘了爷们啊！"

我们猛丁回过神来，我们这是在偷啊。二流子总是靠不住的，他早晚会说出去，我们会名声扫地，也许会被学校开除，也许会被父母知道，少不了一顿皮肉之苦……

我们心情郁闷地返家，进了村子，却见双拐挂着双拐，拖着沉重的身子，在村中那条大街上荡动，不断停下向村人打听着什么，似乎已经发现踪迹，正向我们走来。

他一定是闻到了鸡肉的香味，双拐狠狠地叩击着地面，像在叩击我们的心扉。

大鱼

　　暴雨不停地下了一天一夜，第二天仍没停，还下起了冰雹，个个都有栗子大，也有的像鸡蛋，砸在地下叭叭直响。父亲已经往天井里扔了两次菜刀，企（祈）望能把雨雹止住。至于为什么扔菜刀能止雨雹呢？源于本地一则叫做"秃尾巴老李"的传说，这个说来话长，暂且按下不表。不知道是不是扔了菜刀的原因，雨雹冰停了，可是天空乌云很厚，厚得随时能把雨雹洒下来。这时候，我们就要倾巢而出，去村西岭上看打雹子了。有两门小炮，炮筒指向最厚的乌云，轰轰几炮，就把厚云层打散了，这时候如果运气好，天边就会出现一架彩虹，五颜六色的，煞是漂亮，切记只能眼观，不能手指，谁指了烂谁的指头。彩虹似乎不远，我们欢呼着雀跃而去，想更近地看看彩虹，最好能摸一摸，看它是什么材料做成。没等我们靠近，彩虹突然消失了，像我们和天空一起做了个梦。好在这个时候，我们已跑到了水库边上，可不得了啦，水库里的水已快漫到坝顶，从漫坡里下来的几条水道仍在哗哗往里灌。大人正忙着把沙袋往坝顶上堆，试图拦住不断上升地的水面。

早听人说，如果冲毁了大坝，村西住户都要淹在水里。我家不幸也住在村西，要是大坝冲毁，可就倒了大霉啦，墙倒屋塌，我们一家到哪儿住呢？我挤在人群里，心怦怦跳着往上揪，那慢慢上升的水面似乎停住了，水库坝底的泄水口，正轰隆轰隆地排着水，水渠满了，又往水库坝底的小溪开了个大口子，有些人，往水里张着草筐、网子，还有人把两个裤腿脚扎住，把上衣弄成网状，也往水中张着，提出水面，都载满了鱼儿，他们光捡大的，小的一律倒回水中。可惜我势单力薄，不敢效仿。不过我也暗自欣喜，那些漏掉的鱼儿，可不是给我留下的？我乃资深渔民，不管春夏秋冬，常年操一把小抄网，活跃在小溪沟汊，从水库大坝以下，正是我的作业水域。只是苦于溪流不够宽广，水浅草多，难得有大鱼出没，最多的是小草虾，小得几乎在水里看不见，但逆着水流网上去，它们就进了网子，这样小的虾，往热锅里一入，也会红得像大龙虾一样，同样美味可口。

那些日子，我住在奶奶家。那晚，奶奶就着煤油灯掐辫子，我说："我明天要到西河沟捞大鱼了。"奶奶边掐辫子边答："去吧，去吧，听说是有条大鱼逃出来了，奶奶我这大把年纪，早知道水库里有条大鱼，水桶粗，扁担长，都成精了，最喜欢小孩，会学人说话，小孩到水库边上，听到人说话就会自动往里走，走着走着就叫鱼精背走了。我问，背到哪儿了？"奶奶说："还能背到哪儿？背到它肚子里了呗！"我点着一根麦秸葶，看奶奶脸色，不像开玩笑。奶奶说："跟你说过多少回了，小孩点麦秸葶夜里尿炕，赶紧灭了火睡觉去！"又突然想起什么似地问："今天你没指那彩虹吧？"不由分说把过我两只手，仔细看了一遍，赞道，俺孙儿真听话！

第二天早晨，我早早拿了抄网，提了小桶，赶到西河沟。虾格外多，格外大，一网子下去，小半网子虾上来，是那种一拃长的大明虾，窃喜。小水桶快要装满时，也就到了水库大坝下边的一个水洼。这个水洼紧靠路边，半边露在外边，半边延入一个石洞，水湛蓝湛蓝，从没干过，此时洞里冒着一股股薄雾，我手持抄网，盯紧水中，突然看到一个盆子大的鱼嘴一张一合地从洞里往外浮起，耳边似有人声，过来呀，过来吧！别是那个鱼精吧？我一激灵醒来，心里噗通噗通直跳，天还没亮呢。

冬天的鱼

有一年冬天，天寒地冻，几天来，我几乎整天躺在被窝里，炕灶里一直生着火，炕上暖烘烘的，我的被窝在炕灶正上方，炕席热得烫手，但我仍感觉浑身发冷，摸摸身上却又发烫，大人说这是"发皮汗"，多喝水，捂上几天就好。虽如此说，难受是免不了的，平时多有小伙伴发皮汗，似乎风平浪静，不知不觉就过去了，我却难受得厉害，说不清哪儿，似乎哪儿都难受，浑身无力，饭量大减，本来吃得不多，这下更少了。母亲惶急，做了家中最好的饭食，也是我最喜欢的煎鸡蛋，一点点喂，我仍难以下咽。母亲怜爱地看着我说，本来就瘦，这几天眼大了，脸小了，头发稀了，再不多吃点儿，就把自己饿没了。那时我已到了懂事的年龄，这道理咱懂得，吃不下咱也没办法啊。

忽一日，窗外飘起雪花，地上慢慢积起了一层，我把头露出被窝，母亲正站在门口向外观看，父亲正刷拉刷拉地扫雪，我肚子里一阵咕噜。我说："娘，我饿了！"母亲回过头，惊喜地问："想吃么？我这就给你做！"我说："吃鱼，鲜鱼！"母亲为了难，说："这大冬天的，还下着大雪，哪儿弄鲜鱼去？"父亲停了扫雪，沉着脸走进屋子，说："你也吃得忒蹊跷了，我到河里看看吧，能逮着鱼算你有福气！"

我待在被窝里，母亲又在炕灶上煎了鸡蛋，我表示只想吃鱼，鸡蛋先放放，有了鱼，就着鸡蛋不就能吃了嘛。母亲说："这大冬天，鱼也怕冷，都藏起来了，恐怕神仙也逮不住，别说你爹这个俗人哩。"我不听，耐心等，不知不觉睡着了。突然，一阵鲜鱼特有的香气钻进鼻孔，一激灵醒来，头下边炕灶上墩着的锅里正冒着白白的热气，丝丝缕缕飘散着。父亲正坐在椅子上，一副大功告成的得意劲儿。母亲说："你爹还真有本事，真把鱼给你逮来了，这就快炖熟，快穿上衣服起来吃吧！"说着，端下锅，拿起我的棉袄棉裤，往炉子里加了把麦秸，火苗腾起，钻进袄和裤，我赶紧穿上，洗完手脸，开始吃鱼，喝鱼汤，那个煎好的鸡蛋，又热在了锅里，就着鱼，果然更好吃了。母亲说："古时候有人卧冰求鱼孝母，你爹可是倒过来了。你个小祖宗，赶紧多吃点儿，不吃不喝的，快把娘急死啦！"听母亲的话吃喝完毕，抹了把嘴，才见外面依然大雪纷飞。父亲端过一个脸盆，说："你看看，这回捉了不少，都是鲫鱼头子，能吃好几顿哩。"我问："到处结着冰，怎么逮住的？"父亲说："鱼在下边憋坏了，在冰面上砸个窟窿，鱼都争着过来喘气儿，下网子捞就是了。"

多年之后的这个冬天，我回老家，父母都已去世数年，忽然想起这些事，我决定带着网子到河上走一遭，希望逮着几条鱼，重温当年的鲜美。顺河而上下，皆冰封雪冻，有水流急处敞露着，偶见几条小鱼儿，见有人影，倏地钻进冰层下。凿开封闭的冰层，也没见鱼过来透气。

第三辑

家人词话

蝴蝶飞进我家

那一年夏天，两只巴掌大的蝴蝶，闪着金光，飞进了我们家。后来知道的一个说法经常让我想起那个片断：一只南美的蝴蝶煽动翅膀，两周后也许会在太平洋上空引起飓风。当时，两只蝴蝶煽起的劲风刮遍了全村，一波波人赶来一睹风采：那是一台上海产"蝴蝶牌"缝纫机，机头上两只金黄的蝴蝶，从高楼大厦的上海来到乡村，顿时活了，像要从上面飞下来。

那天，父亲天不亮就推着小车出发了。缝纫机是从上海直接发来的，要坐火车到达离我们村十八里路的谷里火车站。父亲头天晚上就收拾好了车子，将两侧铺上柔软的麦秸，像去迎接贵客（那时走亲串友就用小推车推着一家老小，颇似现在的小汽车）。父亲走了，母亲眼里一直闪着兴奋的光，我一遍遍地听着火车呜呜的吼叫，不知道是哪一列火车将我们渴慕已久的蝴蝶送来？

那时，普通百姓要拥有一台蝴蝶牌缝纫机，比拥有一块手表要难得多，其难度之差正像它们本身的体量。据说，当时的上海市一年每八十位市民才分配到一个指标，外贸公司和内销公司在厂里坐镇等货，分到各省的指标更是少得可怜。当时价格是每台一百三四十元，一个指标就能卖五六十元。托了舅舅的福，我们免费弄到了一个指标，又等了半年多的时间，终于把蝴蝶请到了家里。

为了迎接它，母亲几年前就开始准备了。买缝纫机的钱是一笔巨款，只靠种地，能填饱肚子就是万幸了，母亲便又走了"后门"，每到秋末去粮所挑花生，手工将饱满、光亮的花生一颗颗挑出来，出口到国外换汇。一次干两三个月，记不清连续干了几年，买缝纫机的钱终于凑够了。母亲又到离家十几里地的一个叫四槐树的地方学习缝纫手艺，学了两个多月。母亲住在那里，带着自己摊的地瓜干黑煎饼，自己炒的糊盐。近年来，这种食品似乎已经失传，大饭店酒桌上常见咸菜炒鸡蛋之类的怀旧菜，独不见糊盐踪影。这种食品做法如下：用擀面杖把盐粒子擀匀，裹上面糊，下锅放少许花生油热炒，成颗粒状。该菜的吃法是，咬一口煎饼，就一粒糊盐。母亲就是这样把缝纫技术学到了手。

缝纫机一到，我们家的裁缝铺随即开张。母亲活做得好，又会节省布料。这可是了不起的优点，当时布料不是随便买的，得有布票，一家人孩子多，布票不够用，常常老大穿的衣服给老二，老二的给老三，这么一个个传下去。衣服破了，打上补丁继续穿。实在不能穿了，就做成补丁。总之，一丝布都不能浪费。有一些心细的老乡，做衣服之前，先称了布料重量，做完衣服重新称量，就知道裁缝是否闷下了自己的料子。剩下布料，不管多少，母亲总是叠好了退回主家。很快，大半个村子都来找母亲做衣服了。特别是过年，要换新裤新褂，一进腊月，活多得做不完，母亲常常通宵不睡，一气干到大年三十晚上，送走最后一位取衣服的乡亲，母亲才舒一下身子，兴冲冲地忙自家的年。惯使锄镰镢锨的父亲，也学会了飞针走线，帮着锁扣眼，钉扣子，熨衣服。我晚上睡一觉醒来，常睡眼朦胧地看到父母在缝纫机前忙活，早上清醒过来，父母仍在忙活，两个人都像机器一样。后来，活儿不多的季节，母亲又在家里办起培训班，招收学徒，传授技术。一连教了三四期，每期都有十几个人。前段时间回老家，有位六十多岁的老嫂子说，母亲那年教她，可没少操了心，她不识字，母亲是手把手才把她教会的。

尽管缝纫收入不高，我们家却从此不缺零花钱了，生活水平也比周围的乡亲们高了一大截。

"蝴蝶"翩跹起舞，"蜜蜂"也飞来助兴。

那时做衣服一般是普通棉布，不需锁边，很快有了高档料子的确凉等化纤布，不锁边就不行了。锁边机很少，只有等到大集，集上也只有一台，要排队等大半天，还要花上一笔不菲的费用。急着穿新衣的人，特别是相亲的年轻男女，认亲的半老亲家，不得不等到集后。母亲狠下心，积攒了笔更大的款项，买了一台上海产蜜蜂牌锁边机，价格是四百多元。自然，又是要了指标才买到的。有了蜜蜂相伴，蝴蝶舞得更欢畅了。

可惜好景不长，锁边机买来不久，属于母亲的缝纫时代渐渐衰落。布票废除，商店里的衣服又好看又便宜，人们不再习惯于自己裁布料做衣服，手工做衣服的越来越少。我曾计算过，一件衣服锁一次边一角五分钱，需要锁三千件衣服才能赚回机器钱，不知母亲是否赚回了成本。母亲似乎没考虑这些，很快又置办了一套绣花设备，学会了刺绣。到八十年代末，我毕业分配到泰城，母亲竟也来了，带着自家的蝴蝶，在一家服装厂加工绣品，成了进城务工农民。母亲无限向往地告诉我，她也成工人了，退休后能吃劳保。我立刻到那家工厂探望，母亲和一些年轻女人住在集体宿舍里，上下床挤在屋子中间，四周空地上，一拉溜摆满了缝纫机，显然是宿舍兼车间，乱哄哄地，我心里酸酸的，母亲却很知足。

不久，那家工厂垮了。母亲干了两个多月，也没领到工资，便将缝纫机放到我家，返回了乡下。

蝴蝶不再起舞，蜜蜂不再风光，母亲也渐渐地老了，整天头晕、胸闷、颈椎疼。到医院检查，患上了高血压、糖尿病、冠心病，常年与药为伴，多次住院治疗，突然间离开尘世。几年前，父亲也重病缠身，追随母亲而去。

那一刻，我突然想到，母亲像那只"蝴蝶"，父亲就是那只"蜜蜂"，他们忙碌一生，最美的风采留在了人世，衰老的身子留给了天堂。

母亲授徒

前几天回老家，到一张姓人家串门，家里女人热情对我说："你家俺表姊子，还是俺老师呢！"女人家里刚被人偷走了一串铜钱，遗憾杂着欣慰说，亏得没丢了缝纫机，这是俺的一个纪念哩！她不识字，母亲是手把手教的，每次缝纫机有毛病，也都是母亲去义务修理。

就将四十年前一段日子勾到我眼前来。

有一天放学回家，家里突然多出一些女人来，本来不大的堂屋，挤挤挨挨地，显得更小了，母亲正指手划脚的说着裤腿、裤脚之类的词儿。屋里没我的地儿，只好搬了个小凳，伏在磨盘上做作业。母亲真是收了徒弟了，母亲说过要当老师，我只当是玩笑，哪里想到还成真事了？又想，母亲是能够当老师的，母亲自打学了裁缝，几乎全庄人都来做衣服，逢年过节，要连干几个通宵才能应付。母亲学做裁缝前，我们村做裁缝的好像只有一个男人，不知道找他的人多少，我从没找过他，衣服都是母亲一针一线缝的。母亲似乎想跟着他学，人家不教；母亲只得跑到十几里外的一个地方，住着学了两个月。学完了，那人好像不悦，可能是觉得争了他买卖。证据是缝纫机坏了，母亲找那人修，还买了两盒烟卷，那人委婉地拒绝了，母亲发狠拆了装，装了拆，竟自己学会了修理。这样的手艺当起老师，自然是合格的。只是学生们没有称呼老师的，这个叫表奶奶，那个喊大娘、婶子，母亲也没有老师那种威严，不住地含笑给徒弟们倒水，谁都可以随时提问，随便进出，不像教学，倒像是个大家庭一起过日子。

母亲是慢性子，教起来极耐心，常常是一个细节，要讲解、示范好多次，还是有人不明白，就单独来。这样两个月下来，都能出徒了。所谓出徒，就是学会了。那时学费似乎总共是十几块钱，正好相当于我1982年上学时一个月的生活费。

母亲授徒期间，我的一位表哥来走亲戚，与其中的一位大姑娘对上了眼，不久结了婚。可惜表哥生性顽劣，没过一年就离了，女家怪罪到母亲名下，发动一大家子人大闹。我正好放假在家，眼见着乱哄哄大吵大嚷的各色人等，恐惧而又无奈，不知怎么竟丢失了我的春蕾牌手表。那是花了一百二十五元，托了大舅才买到的，我刚戴了不到一年，还没新鲜够呢！

母亲一向公认的心好，心软，不知怎么化解的那场危机。

记不清母亲教了几期徒弟。听大舅说，母亲在姥娘分给他的老房子里也教过一期，我却从没听母亲说过。

年终翻检旧物，找出一张发黄的老照片，是母亲和十几位徒弟的纪念照。年轻的母亲坐在中间，笑靥如花。

打工娘

娘病了。打电话通知我的是一位陌生女人，自称泰城一家刺绣厂的会计。

我吃了一惊，娘应该在乡下老家，怎么会到城里，会在刺绣厂里？那家刺绣厂我知道，在当时还嫌偏僻，我每次回老家，都会在汽车里看到大门一侧竖立的名牌，万没想到我竟跟它发生联系。我买了两罐当年很时兴的麦乳精，奋力登着自行车，骑进那个有几间厂房的院落，打听一位年轻妇女，顺利找到了娘。娘住在一间挤满二层床的宿舍下床，娘从床上爬起来，坐在床沿，脸上泛着一层红晕，不知是因为激动还是因为有病。我又是生气，又是心疼，像大人训孩子似地气呼呼地质问娘："不好好在家待着，怎么突然跑到这里来了？既然来了，怎么也不说一声？"娘像犯了错误，让人突然抓住了，嗫嚅着说，厂子招绣花工，她会缝纫，一问合格，她就打起铺盖卷来了，刚学了三四天，没想到病了，她本来不想让我知道，厂里有位会计，怕出意外，硬是跟娘要了我单位的电话。娘说："这个厂子很正规，学习期间不交学费，学好验收合格，计件发工资。"说着，娘从枕头底下掏出一件月白色被单，展开，上面密密地绣着各色花卉和虫鸟鱼虾。娘说："会计说再过几天她就可以出徒拿工资了。"娘眼睛亮亮地，无限神往地说，到时，她就能成为厂里的正式工人，退休后还能吃劳保哩！我知道，那是一家村办企业，当时并没有条件提供劳保待遇，但我怕娘失望，不忍心说破。我用娘喝水的缸子冲了麦乳精，娘像喝中药一样一小口一小口地抿着，说："买这么贵的东西干吗？拿回去给孩子喝吧！我这病，不大，可能是感冒，躺几天就好了。"我鼻子酸酸地，几欲落泪，娘因成年累月低头缝纫，患有严重地颈椎疼和头疼，后又查出冠心病和胆囊炎，久治不愈，只能无奈地忍受折磨。娘需要的不是工作，而是治疗和静养。但我说服不了娘回老家，也无法把娘接到家里。

娘虽是农村人，但很讲究卫生。不知何时，娘对祖祖辈辈赖以居住的环境产生了强烈的反感，随之生出对城市生活的信任和向往。有一天，娘悄悄对我说："咱家里水不能喝了。你看，前后左右，家家都有粪坑，井水这么浅……"娘似乎怕得罪祖先，没有把话说完，我已恍然大悟。娘说："还是城里好，听说水都消了毒，那多干净！"对此，同样讲究卫生的姥娘反驳："城里好啥？厕所紧挨着饭厅，喝的水都是水库里的，死猫烂狗啥都有，想想都恶心！"她老人家挑了一个上坡打井，四邻粪坑皆处下方，而我家则不同，四邻都在同一个水平线上，水井无可逃避。母亲只有自己逃了，她深信凭借一己之长，肯定会在城里找到一席之地。如此，她背着我，满怀雄心壮志，跑到泰城打工来了。

那时，我结婚不久，刚刚有了孩子，一直租房居住，因为种种原因，住房不断变换，不足两年，已经搬了五六次家，最近又接到通知必须搬家，租住的平房要拆迁，而这次才住了两个多月，主家催得紧，合适的房子却还没找好。

不久，那家工厂垮了，娘的身体也垮了，无法继续打工。后来，我买了一套小房，把娘接过来，然而娘已无力摆脱病魔，在一次住院治疗后突然去世。

娘的遗物不多，打工学徒时绣的被单我至今保存着。

母亲突然决定盖宅子了。

一定是砖瓦窑不断腾起的火苗点燃了母亲的理想，通往砖瓦窑的那条土路不断地来往着购买砖瓦的人，拖拉机、地排车、小推车等运输工具往来不绝，还有肩挑手提的，总之是一派繁忙和热闹。有一天，母亲两手各持半块青砖走进大门（是从拖拉机上掉下来摔断的一整块砖），兴冲冲地宣布，咱也准备盖新宅子吧，青砖到顶，前出厦，玻璃窗！父亲嘲讽地说，就凭你这两块砖头？猴年马月吧！在一喜一忧之中，我眼前出现了镇上陈列着各色物品的供销社，那种气派的房子，正像母亲描述的一样，我们也会造，也能造吗？

其时，我们住的宅子全是土墙，结草为顶的叫草屋，小瓦为顶的叫瓦屋。青砖到顶的屋子，别说农户，就是学校和村办公室也没有。母亲真是太大胆了，大胆得叫人不敢相信。

然而母亲竟然开始着手准备了。盖宅子需要先有批示，批示是什么东西呢？没有就不能盖房，可见它肯定不是普通的东西。母亲说，批示就是要大队和公社批准，光口头答应不行，还得在纸上写下来，盖上公家的大印。母亲带着我，到大队长家，说明宅子是给我要的，眼看孩子长大了要成家说媳妇哩！我羞涩地傍在母亲身旁，队长一听就火啦，说屁大的孩子还没菜碟子高，就想着盖宅子，媳妇还是先让丈母娘替咱养着吧，着什么急哩？母亲陪着笑说："俺那侄哎（按辈份大队长叫母亲表婶子），你就高抬贵手，帮帮你兄弟吧，人家可有人提过亲了，女家嫌咱没宅子哩！"大队长脸色缓和了，说："公家的大印可不是随便盖的，你先回去等着，有了信儿就告诉你！"母亲喜滋滋地领着我回到家，开始考虑怎么尽快批示下来。幸亏母亲会缝纫，手艺好得全村称赞。母亲给每个管事的做了一身衣服，又跑了不知多少趟，半年多，批示终于下来，但又没有现成的合适地方，母亲看中了村北一块地，却是由不同生产队的八九家农户共有，要想得到这块地，就得挨家挨户跑，用自己的好地换过来。这八家农户，分散在全村各处，有些人母亲也不熟悉，就托人转面子，出西家，进东家，赔尽了笑脸，说尽了好话，终于把地换到了手。

这一天，母亲高兴，缝纫机发出格外欢快的嗡鸣。晚上在天井里吃饭，屋后高大的梧桐树上花繁叶茂，飘散着浓重的香气。母亲说，这棵大梧桐怪恬欢人，咱要盖宅子，就杀了做门窗，它旁边的两棵槐树也够梁够檀，这一来，咱就花不了多少钱了。

村东离我们家二里地有个苇子湾，秋后，每天早上天不亮，母亲便起身走过去割苇子。一般盖屋是高粱秸做棚，省事省钱，母亲坚持我们的新宅子要用苇子，比高粱秸白净、细腻，也撑时间。日积月累，苇子在院里堆起一大垛，母亲的头上每每结满了苇毛子，像是满头白发。

　　盖个宅子太难了！我发奋学习，这一年，我参加高考被录取。我对母亲说，我不在家里娶媳妇，新宅子也不用盖了。

　　村东有条大河，昼夜不息，河两边一些水潭，长年不干，生着密密麻麻的苇子，我们叫它苇湾。我曾问母亲，我是从哪里来的。母亲笑说："你啊，是你爷撅着粪筐，从苇湾里捡来的。"由此，我对那片苇湾充满了神秘，怪不得有些男人，天不亮就撅着粪筐，忙惶惶往那赶，原来是去捡孩子呀！隔壁四大爷，天天早起拾粪，下着大雪也不间断，他的孩子最多，男孩女孩加起来共有九个。

　　本村初中毕业，我考到镇上高中，离学校不远，跑校，来回经过那片苇湾，虽然早已知道自身来历，还是对它有一种别样的感觉，每次走过，心底那份神秘都会浮起，不由得放慢脚步。有天，我们学习《诗经》中的诗歌《蒹葭》，诗唯美而忧伤，特别是前四句："蒹葭苍苍，白露为霜。所谓伊人，在水一方。"更是令人回味和陶醉。那天下午回家，经过苇湾，一些叫不上名的鸟儿在苇湾深处婉转啼鸣，轻风拂过，芦花飘摇，已是初冬时节，苇子由绿变黄，一湾金色荡漾。苇子就是蒹葭，这一片苇湾，陡增一份诗意，只是没有伊人，又约略有些遗憾。

离开苇湾，我依然沉浸在无边的遐想中。

突然发现前边有个人，背着一大捆苇子，苇子把头和身子都遮住了，远处看，像一小堆移动的柴垛，可能负重过大，他走得有些艰难，我很快赶上了，超过去一看，竟是母亲！看见我，母亲有些意外，将苇子放下，擦了一把汗，笑笑说："这就放学了啊？"我说："你弄这么多苇子干啥，不嫌累啊？"母亲说："咱准备盖屋了，得用苇箔，苇湾有现成的苇子，咱自己打箔，能省不少钱哩；盖屋，也可以用秫秸箔，各家都有，但不如苇箔美观耐久，用苇箔，高一个档次。"我说："那我替你背一会儿，你歇歇。"母亲说："你哪是干这个活的材料？赶紧回家学习去，我慢慢走，一会儿就到家。"我少时体弱，不能负重，父母从不舍得让干重活。母亲身体也不结实，重活累活通常由父亲去干。背着这么一大捆苇子，能不累吗？我心中十分心痛，十分无奈，回到家赶紧拿起书本学习。我知道父母期望我能考上大学，跳出农村。

不知过了多久，反正我快高中毕业时，院子里堆了一大垛苇子，母亲说，这么多苇子足够了，等你上完高中，咱就开始盖屋！想不到，母亲病了，盖屋的事耽搁下来。后来，我考上一所中专学校，第一个学期回家，母亲尚在病中，父亲征求我意见："你娘有病，咱这屋还盖吗？"我说："娘治病要花钱，盖屋也花钱，不盖了吧。"再一个假期回来，院里的苇子不见。父亲说："你三叔盖屋，给他用了。"三叔有三个儿子，陆续到了盖屋说媳妇的年龄，父亲有意帮他。母亲病已好转，无限惋惜地说："你看我这一病，把个新屋给病没了。"那时，母亲已找了七八户人家换好了宅地，在村委办理了正式手续，父亲备好了木料和石灰，单等找人施工了。这一切，都无偿让三叔用了。

没有盖成新屋，成为母亲一生的遗憾，直到去世前，还不断唠叨。

去年，我在老家院中新建一处鱼池，特意留了堆沙、堆土的地方。这些年挖沙致使河底下沉，那个我最初认为自己被捡来的苇湾早已干涸。好在河还是那条河，下沉的河底仍然流着水，生着苇子，我移来一些，栽在鱼池中。因为沙土较浅，有几株连根漂上水面，我没管，也许它们会慢慢枯死吧。后来，漂在水面的苇子一直青着，枝节处竟长出些苇子嫩芽，多么顽强的生命力！

拉锁棉袄

小时我曾有一件拉锁棉袄，让我非常自豪。

此前，冬季的棉袄是母亲手工缝制的，开襟用疙瘩扣子扣住，上下五个，扣子解来系去，往往变得油光发亮，滴水成冰的日子，摸上去铁一般凉，哪个扣子忘了系，偶尔会灌进一阵冷风，吹走本就不多的温暖，好在越小的孩子越不怕冻，穿着开裆裤，两片小屁股冻得通红，照样在冰天雪地里撒野，却也铁蛋似的，无病无灾。

然而，有一天，我却发现有人穿着一件奇怪的棉袄，开襟没有扣子，而由一条明晃晃的东西联接，那人看我瞪直了眼，手伸向脖颈，哧地一声拉开，又哧地一声拉上，说："不知道这叫啥吧？拉锁！"说着，得意洋洋地，扭头走了。那人跟我差不多大，父亲在外边当工人，平时吃穿，都比我们好得多。我看看自己的棉袄，把五个扣子依次解开，又依次扣上，心中满是惆怅，要是也换一根拉锁该多么好啊！

回到家，立时向母亲提出。母亲说，那个拉锁棉袄，娘也会做，你好好着上学，等到了三年级，考了前五名，娘就给你做上一件！母亲果然说话算数，三年级，我穿上了带拉锁的棉袄，刚穿上时，我常哧哧地拉来拉去，在同学们艳羡的眼神中，不长时间，终于把拉锁拉坏了，幸而我也果然考到了前五名。但母亲还是说，你真是个败坏头，这拉锁咱这儿没有，是我托你大舅从他工作的地方买的，你这么快弄坏，只好再给你缝上疙瘩扣子了。然而，母亲竟然还存着一条拉锁，接着给我换上，我不再拉来拉去，不时用蜡烛擦拭润滑，拉锁再没坏过。

母亲已去世整整二十年，那件拉锁棉袄早不知去了哪里。

春节前探望大舅，老人家比我母亲小五岁，也已年届八十，特别喜欢跟我怀旧。说起母亲，大舅说："我十多岁推车子，二姐（我母亲）拉车，上崖头，车子总歪倒，我总怨二姐拉得不好，没好气地凶她，二姐不吱声，等我发完火，慢声细语地安慰我别急，慢慢推，我们一起扶好车子，使劲拱上去。其实现在看，哪是二姐拉得不好？是我年龄小，劲不够，推不动嘛。二姐身体不怎么强，但手很巧，十八岁那年外出参加工作，我还穿着穿了几年的大襟袄，二姐说，我给你做件新棉袄吧！很快做好了，新里新表新棉花（那时正流行豫剧《朝阳沟》），疙瘩扣子换成了拉锁，把我美得，直想蹦高，到现在想想还觉得暖乎乎的……"大舅既伤感又高兴，声音里带了哭腔。

拉锁棉袄的好处，母亲原来早就知道。

大舅参加工作，我尚未出生。我得到那件拉锁棉袄时，大舅已工作十多年了。此时，农村仍处于人民公社时期，大舅帮母亲买了架缝纫机，母亲学会了裁缝，几乎全村人都找母亲做衣服。靠着它，我们家度过了那些艰难的日子。

三
别
大
爷

我们终于决定专程到沈阳看望大爷和大娘。

大爷从 1952 年闯荡沈阳，离家已经六十多年。往年，爷爷奶奶健在的年代，都是大爷和大娘回来，我们从未想起过到沈阳，一个原因是路远，要花一大笔路费；另一个是人生各样大事还没忙完，诸事纠缠，难得有空。爷爷奶奶去世时，大爷回来奔丧，有些伤感地说，以后恐怕回不来了，您得去看俺了。这是大爷最后一次回乡，那一年大爷七十六岁。

我们爷仨：我、三叔和大弟，登上了开往沈阳的火车。大爷和大娘很是高兴，聊起我们村闯荡到沈阳的老乡，大爷提着姓名一个个数算过来，竟有三十多人，后来回去了二十多人，留下的大都已祖孙三代甚至四代，最老的一位李姓村民，九十四岁，刚刚去世。当初，大爷一行六人，投奔的就是这位老乡，老乡不光替他们寻活路，还安排他们吃住。大爷一直没忘记这位老乡，每年过春节都要专程看望。

那次住了两晚。返程时，大爷送到楼下路边，与三叔握着手说："这就走了？"三叔说："走了啊，回吧，哥。"大爷瘦瘦的脸上落下硕大的泪珠，我们默然离去，回过头摆手致意，大爷还在以手拭泪。

来年夏天，我与妻有机会到北戴河小住，又顺路来到沈阳。没有事前通知，大爷大娘喜出望外。大爷找出一套包裹在箱子里的茶具，倒上热水能够显出刻在外边的金线图画。大爷说："送给你吧！"我没要。大爷又问："家里续过家谱吧？还有，你不是给你爷爷奶奶拍过一张合影吗？都回去给我找找寄来吧。"我答应着，心里酸酸的。

又到了分别的时候，大爷和大娘又送到楼下。大娘说："没事就来呗，看把你大爷这几天高兴的！"大爷说："侄子带着侄媳来，当然高兴啦！"

与妻坐在火车上，突然传来信息，我们走后，大爷洗澡摔倒，已经住进医院了！我自责，是不是这几天大爷太兴奋，导致脑血管破裂？一路郁闷着回到家，不时电话问讯，传来的消息都不太明朗。最后说大爷回到家，神智也清醒，只是得一直卧床了。

转过年，二哥来电，说大爷可能快不行了。忙与三叔、大弟急奔沈阳。大爷躺在床上，头上包着纱布，闭着眼。五弟大声叫："爸啊，你兄弟和你侄子来看你啦！"大爷睁了眼，定定地看着我们。五弟指着三叔问："爸啊，认识他吗？"大爷略带责备的说："怎么不认识？不是你三叔吗？"五弟又指着我和堂弟，大爷一一认出，说："大老远来了，多做点好吃的。"饭时，一家人坐在饭桌前。大娘指着桌上对门的一个位置说，这是你大爷的专位，不管有没有客人来吃饭，他都要坐在这个位置，小孙女跟他淘气，硬要和他换位子，他说啥也不肯。按家乡风俗，那是饭桌上的主位。

呆了两天，大爷时而清醒，时而糊涂。我们要离开了，大娘告知大爷，大爷竟坐起来严肃地说："怎么能走呢，谁都不许走！"说完又迷糊过去。

不久，传来大爷去世的消息。是大弟告诉我的，他说："这几天觉着不得劲儿，给大爷家里打了个电话，大爷已经去世三天了。"三叔生气而又奈地说："怎么连个信都不给呢？咱家里也好持持服啊……"

大娘还乡

　　大娘一夜没睡。一大早，估摸着五弟醒了，摸起电话打过去，说，老五啊，我也准备回去，赶紧打票吧！前几天，五弟征求她意见，女儿刚中考完，想到山东爬泰山，约着大娘一起回老家。大娘倒是愿意回去，只是晕车，除了火车不晕，其他大小车辆皆晕。每次回家，都如大病一场。大娘纠结了好几天，终于决定不再回去。五弟一家定好车票，明天就要出发。大娘辗转反侧了一夜，又决定回去。五弟得令，赶紧让侄女从网上买了同车次的卧铺车票。

　　大娘八十六岁，不识字，住沈阳某居民区七楼顶层，没有电梯，每天上下楼至少三次，早晚锻炼身体兼带买菜，因而腰不弯耳不聋眼不花，在公园的单杠上，还能做十几个引体向上。因为晕车，无论到哪儿，路再远，大娘都步走，常常每天走两万步。

　　大娘在泰安住了一晚，想让老人家再住一晚，休息过来再回新泰老家。五弟说："舅们已经催问了几遍，大娘等不及了，赶早回吧！"第二天上午返新泰老家，吃了晕车药，带了塑料袋以备呕吐，特别叮嘱司机开慢开稳，大娘一路又没晕。五弟说："奇怪了，这些年哪坐过这么长时间的车？可能是回家心切吧。"回到家，三叔从饭店订了丰盛的饭菜，拼了两张矮桌，摆得满满荡荡，老少三代坐了十几人，可谓子孙满堂。

餐毕，领大娘到村东老屋，东邻二婶也来叙旧。这间老屋据说与大爷同岁，另一间她与大爷结婚居住的老屋早已拆除。大爷1952年去沈阳，五年后大娘过去。大爷在铁合金厂做锻工，月薪七十多元，加上奖金八十多元。大娘刚过去没工作，支起鏊子摊煎饼，五分钱一斤，一天赚两块多钱（折算成现在的煎饼价格，大爷月收入达八千多元，当下东北老工业基地之为何落后，也许能够从这儿得到些许答案），一口气干了十多年，五个男孩先后诞生，老家这边还要定期给爷爷奶奶寄钱养老。三十七八岁时，大娘幸运地被安排进供暖公司，成了正式工人，收入不高却是固定了。五十岁退休，大娘闲不住，在火车站摆了个小摊，卖烟和水果。每早五六点钟出摊，晚上八九点返回。这一干又是十多年；七十岁上，五兄弟全部有了房子，娶了如花似玉的媳妇。去年，大爷去世，重孙女已经两岁……说话间，大娘娘家人来接，几个子侄辈开着三辆小车，大娘的三个老兄弟也来了，都已七八十岁，笑吟吟地立在路口，像一队仪仗，脸上都红朴朴地，显然中午喝了酒。他们村和我们隔着十几里路，大娘出嫁来时，肯定是套着牛车的，不知这几位老兄弟是否来送？到了大娘最老的兄弟家里，又是一帮人来探望，扶老将雏，这边也早已四世同堂。

大娘在娘家住了两夜，基本没睡着，每天早起到处转悠。六十年的变迁，土地还是那片土地，闻得到原来的泥土和稼禾芬芳，地上却已面目全非。天正热，蚊子多，大娘身上被咬了几个大红包。回到泰安时，似乎瘦了不少，满脸憔悴。休息一阵，一家人即乘火车返回沈阳。

一棵银杏树

　　村里有一棵银杏树，一搂多粗，三四十米高，有叶子的季节，远远望去，亭亭如盖；秋末冬初，叶子金黄，灿灿闪光，煞是好看。

　　这是村里最大的银杏树，也是唯一一棵银杏树。

　　这棵树在三叔院子里。

　　有一天，来了几个人，进门就给三叔递了一支带把儿的烟卷，说是老远看到这棵树，想进院里细看看，这边说，那边有人拿皮尺，围着树左量右量，小声滴咕，跟三叔说："老爷子，你发大财了，给你五千块钱，这树归我们了，行不行？"三叔吃一惊，他在建筑队干小工，累死累活，一天赚三四十块钱，这棵树顶他半年的工资哩。三叔有点心动，使劲抽了一口自卷的老旱烟，浓浓地喷出，有个正吸烟卷的小个子吭吭咳嗽起来，上前把三叔嘴上的旱烟拿掉扔在地下，踏上脚捻灭，另一手飞快的把三叔夹在耳朵上的烟卷（他刚送的）拿下塞在三叔嘴里，啪地一声打着火机，给三叔点上说："老爷子，咱说定了，明天我们开大吊车来，一手交钱，一手交货！"三叔又使劲吸了口烟，那烟一下缩了小半截，三叔又吐出一口烟（不如旱烟浓了）说："这树光我说了不算，您先回去，我得问问儿子。"

送走来人，三叔去了二弟家。这棵树是二弟栽的，那年他才十几岁（现在已经四十多岁了），不知从哪儿弄的树苗，没想到一转眼长到这么高大。二弟外出打工，弟媳做不了主；三叔又去了大弟家，大弟是个苗木兼园艺爱好者，正四处捣腾树苗。大弟说："不能卖，这样的银杏树咱周围庄子很少，别说五千，六千也不能卖，再过几年，这棵树比你整个宅子都值钱！"

三叔返家，仔细打量银杏树。它刚进家门时不过一米多，细长瘦弱，三叔及时给它浇水、施肥、杀虫，银杏树发芽，长叶，长高，长粗，像三个儿子一样，噌噌生长着，不几年，长到碗口粗，三个儿子也先后到了成家年龄，三叔给他们盖房子、娶媳妇，终于忙活完了，三叔像黄牛般喘了口粗气，开始考虑自家建设（三叔一直干建筑小工），翻修大门、西屋、南屋，皆建成平房，上边连成一体，便于晾晒粮食。西屋出厦，廊铺水泥，便于遮风挡雨。这厦左前角，须有一根水泥支柱，支柱只能建在银杏树旁。建完，三叔细思有点儿担心，银杏树越长越粗，树根也会越来越大，会不会把这根支柱顶塌了？

又过几年，苗木市场风云突变，银杏树不再值钱。当初高价，现在低价也无人出了。但银杏树不管这些，只管一刻不停地生长。三叔的担心日甚一日。

我每次去，三叔都说："这棵树，怕是要把厦屋顶塌了，倒不如杀掉利索。"我知道关于是否杀树，大弟、二弟意见一直不统一，而三叔，亦无力单独杀掉一棵如此粗大的树，便安慰："不杀也好，等市场好了，说不定您这宅子，它最值钱。"三叔哑然无语。

年前，三叔病倒了。三个弟弟每天过来探望，三叔又唠叨银杏树。二弟说："赶紧杀了吧，省得咱爷老是挂着。"大弟说："你要杀了，咱爷接着就走（死）。"二弟不听，找了几个人，三下五除二把银杏树杀了。

第二天上午，三叔喝下两个冲鸡蛋，说瞌了，要睡一会儿，再也没醒。

银杏树是被贴地从根部锯掉的。我到时，树茬仍鲜活着，渗着点点滴滴的树液，像泪。

三婶摘花

盛夏某日中午，在老家宴客，中有女宾，提前一天，跟三婶说，由其作陪，三婶痛快答应。

中午将近，客人已到，三婶却未见动静。大弟媳说，准是去摘花子了，她可舍不得耽误一霎儿。

花子，即是金银花，学名忍冬，常用中药，性甘味寒，清热解毒，始载于汉末药学著作《名医别录》，到了明代，名医李时珍著《本草纲目》，将之名为金银花，到了我们村，村民皆称其花子。

十几年前，我们村的花子由我们村那位能人引进，大约三十亩。谷雨以后，花子开花，越开越多，直到立秋，越开越少，至霜降基本结束。花子属藤蔓枝物，夏季长得最快，花儿随藤蔓一节节生长、开放，采完老枝，再采新枝。花子将开未开之际，品质最好，价格最高，但时机很短，晚一个早晨，花子盛开，价格便降下一半甚至更多，一节节生长的花子，催促着人们赶紧采啊，采啊。这段花子采摘期，需大量劳力，村里青壮年大都在外打工，这活儿就成了老年人"专利"，然而可能又属"雕虫小技"，是以老汉不为。摘花子，便青一色由六十岁以上的老年妇女承担，三婶即是其中一员。

这几个月，不管高温酷暑，也不管刮风下雨，除非刮大风下大雨，人出不了门，进不了地，三婶几乎天天上工。采摘花子的最多时有七八十人，最少有一二十人，其中总少不了三婶。大热天，三婶趁着凉快，凌晨三点多醒来，天未亮，鸡未鸣。家离花子地，二三里路，为赶时间，三婶骑三轮车，走街串巷，转弯抹角，赶到时，将近四点，天色正好微明。大片大片的花子，将开未开的，嫣然开放的，嫩黄的，粉白的，金黄的，在大片绿叶衬托下，在曙光里一片生机，这么·大片花子地，此时属于三婶一人啦！三婶停了三轮车，选一块叶最盛，花最繁的地儿，下手采摘，朦胧中，不远处似有人影，正低了头，一心一意采着，三婶一惊，还有比她来得早的？三婶知道是谁了，大嗓喊："大表嫂啊，来这么早？"那边头也没抬说："他表婶子，哪天我都比你晚不少，今儿为了比你早，叫老头子定了闹钟！"三婶腹诽，这个老妈妈，前几年脑血栓了一下，一腿有点瘸，一臂伸不直，走路腿脚不灵便，摘花子得用左手，为了保持身子平衡，往前迈一步，头得回一次。她一双儿女，大学毕业在城里工作，每月给她不少钱，不缺吃不缺喝，图个啥呢？天大亮时，三婶和大表嫂聚到不远处，一边聊天，一边采摘，三婶就把腹中话说开了。大表嫂说："咱就是忙活的命嘛，一闲下来，浑身不得劲儿，忙起来倒好，啥都忘了；咱这觉也少，躺在床上睡不着，翻来翻去烙锅饼，还不如趁早到地里，鸟语花香的，多自在？"三婶想也是，不再答话，专心摘花。一口气摘到十点多，三婶停下来，倒掉靴鞋里积下的露水，想起中午还要陪客，得回家收拾一番，遂将花子交给主家，称了斤量，骑车返回。

我们终于等到了三婶。三婶还是骑着三轮车，进屋时左腋下夹着一包麦莛，右手辫子刚起了个头。刚坐下，三婶有些自豪地说，上午挣了二十多块钱了，一斤花子四块多，我采了六七斤哩。我说："三婶，您这么能干，不快过成财主啦？"三婶说："下午不干啦，吃完饭陪客说话！"我说："三婶啊，您陪客说话掐辫子，还是不耽误挣钱啊！"三婶说："我不停掐一天，才卖二三十块钱，哪跟俺侄子，啥活也不干，见天好几百！吃完饭，送走客，我还得到地里把棒槌子（玉米）秸拉回家，剁吧剁吧喂羊哩。"

三婶今年七十五岁，身高一米五多，体重也就七八十斤吧。三叔两年前得病体弱，三婶就成为顶梁柱了。

老姥爷

母亲家族从自己往上数三代，那个老年男子，就是我们的老姥爷。毫无疑问，所有的人都有老姥爷，但并不是所有的人都认识或见过老姥爷。能够有幸见到老姥爷，得有天赋，姥爷最好是长子，母亲呢，最好是舅、姨们的大姐，你自己，最好也得是老大。当然啦，老姥爷还要足够长寿。这些条件，每一条都有很大的偶然性，故而一个人要和老姥爷相见，需要极大的缘分。

我认识老姥爷时，不知几岁。老人个头不高，精瘦，下巴上留着几缕雪白的山羊胡子，与老姥娘住在一间坐北朝南的小屋里，即使白天，屋里也有些暗。我随母亲进去时，老姥爷的小眼睛闪出快乐的光，问我叫什么名字？我不说。他其实是知道的，明知故问罢了。母亲叫我喊"老姥爷"，我不喊。他翻出一本发黄的小画书，说："快叫老姥爷，叫了给你画书看！"我还是不叫。他把画书递给我，说："不叫就不叫吧，你先看着，咱等太阳出来。"那时阴着天，为何非要等太阳出来呢？我不管，只管翻看小画书，里边有个老头，跟老姥爷长得差不多，这个老姥爷像从画里走下来的，是另一个世界的人。我感觉老姥爷对我一点也不亲热，还不如外人哩。我实在不明白，这样的生分，怎么会叫这个老头老姥爷呢？但是他会"画疙瘩"（治腮腺炎），我不幸长了这个，两边腮帮子肿得鼓鼓的，浑身难受。姥娘对母亲说："叫你老爷给他画画去！"母亲就领着我来了。

小画书还没看完，太阳出来了。老姥爷把一个墨盒交给母亲，说赶紧研墨吧！自己走到院子里，拿扫把画了个圆圈，让我站进去。母亲端着墨盒，老姥爷拿毛笔蘸了蘸，在我腮上画了个圆圈，圈中间画了几笔；又蘸了蘸，在另一腮上同样画了。边画边说着听不清的什么话儿。画完，转身走回小屋，拿来了炒菜的勺子，在一腮上挖了一勺，像挖着了什么东西，用力甩出去；又在另一腮上挖了一勺，用力甩向另一边。低喝一声，去了！说罢回屋，似乎费了很大的劲，把全身的力气用完了，一屁股坐到椅子上，闭了眼，再也不说话。母亲催我："你病好了，快给老姥爷磕个头！"一手按我头，按不下，自己跪了，边磕边说："老爷哎，您重外甥好了，俺替他磕个头谢谢您老人家！"老姥爷睁开条眼缝，看了看我，看了看母亲，说："好了就走，多喝水，别再来啦！"这话听着有些绝情，哪有亲人这么说话呢？再说，不打针不吃药，能治好病吗？我心里疑惑，两腮墨水绷紧着皮肤，凉丝丝的，似乎从墨迹上吹进了凉风。

回家睡了一宿醒来，两腮不再发胀。上学时，我想洗掉墨汁，脸上带着墨汁像什么话呢？母亲说老姥爷嘱咐，没了痄腮才能洗脸，要不就不灵了。有位同学两腮也如我一样画着圆圈，我们相见，心有灵犀，其他同学则大惊小怪地嘲笑，我们同病相怜地嘲笑回去，早晚你们也得画上！

又过两天，我的疟腮全部消失，脸部恢复了正常。老姥爷画疟腮那个场景，永远刻在了记忆里。

偷吃

春节过后，我必参加舅舅家聚会。

半个多世纪前，舅舅独身一人远离故土参加工作，现已儿孙满堂，大人孩子有二十多人了。每次聚会，须在饭店特订一张大圆桌，摆上几十道菜，荤的素的，赤橙黄绿青蓝紫，琳琅满目，酸甜苦辣咸。舅舅坐主陪位置，对着大家发号施令，"吃，吃啊，多吃点儿。"舅舅劝了大的劝小的，言辞恳切，苦口婆心。大家一齐动筷，将菜捡到嘴里，连说好吃好吃！然而，终究没有吃多少，孩子们已经离开饭桌玩耍去了，大人也都停了筷子，交头接耳说话。舅舅再催，大家便稀稀落落地拿了筷子，捡一点儿菜，却并不放进嘴里，而是放到眼前小碟里去了。我紧挨舅舅坐。舅舅问："今天菜怎么样？"我说："好吃！"舅舅说："好吃怎么不多吃点儿？"我说："饱了，再吃就撑了。"舅舅持着筷子怆然四顾，说："你看看，哪里想能到现在这个样子？"于是回忆了它小时一件往事：

我六七岁那时吧，家里人多睡不开，晚上到爷爷家睡觉。吃了一天地瓜面窝头和煎饼，总觉半饱不饱。爷爷家瓮里的地瓜面煎饼下边，总藏着点儿棒子面煎饼，奶奶舍不得吃，专为干累活的爷爷留着。我知道这个秘密，有天晚上趁屋里没人，就去瓮里翻找到棒子面煎饼，撕了巴掌大一块，心怦怦跳着填进嘴里，那个香啊，比啥都香！爷爷突然进屋，我停住吃，闭住嘴。爷爷说："你这小崽子是不是偷吃啥东西了？"我摇头，心里惶惶的。奶奶随后进来，说："你有啥好吃的值得咱孙子偷？"爷爷说："他吃东西还早着呢，有好东西也不给他吃！"煤油灯豆大的光影里，爷爷硬得像块铁，又说："人不能偷东西，偷东西长角眼（学名麦料肿）。"奶奶慈祥得像画里的菩萨，说："别听你爷爷瞎说，快睡去！"我钻进被窝，翻来覆去睡不着，我怕明早醒来真的长了角眼，证实自己偷了东西。爷爷不知啥时候又出去了，奶奶又塞给我半块棒子面煎饼，说："别让你爷爷看见，赶紧吃了。"我缩进被子，蒙住头，美美地吃完，不敢露头，生怕爷爷发现，那不光是我偷吃，奶奶也要受偷的挂落，不知不觉睡了过去。早晨醒来，揉揉眼，竟没有长角眼，便从容穿衣起床，爷爷已经不见了。接下来的夜晚，等我钻进被窝，奶奶还是趁爷爷不在，撕给我半片棒子面煎饼，我仍蒙住头，美美地享用。爷爷似乎特别笨，竟一次也没发现我们这种秘密的"偷吃"……

听舅舅说着，我的脑里也浮现出小时"偷吃"的事。每年秋后留花生种，父亲总是用麻袋装了，紧紧扎住口，吊在梁头上，说是防老鼠偷吃。时间长了，花生耐不住寂寞，有一颗探出一点头，父母都出门时，我跐了高凳，小心将那花生取出，剥了皮填进嘴里，顿时满嘴油香。可惜不敢多偷，多了会被发现。有一日，终于忍不住嘴馋，又跐着高凳取下一颗。日复一日，眼看着那露着头的花生，忍不住的时候愈来愈多，终于被父亲发现了。父亲说："你怎么连种子也敢偷吃？"我说："没，我没偷，是老鼠。"父亲说："那咱家有会飞的老鼠啦？"所幸这时已到了种花生的季节，花生种子都种到了地里，再也不能偷吃了。

舅舅小时偷吃，我小时偷吃，我的后辈早已不再偷吃了。"偷吃"这个词，恐怕要消失不见了。

大舅的粮票

我舅舅现在是千万富翁，坐着豪车，住着豪宅，工作和起居都有秘书照料，但他老人家最为自豪的，仍是计划经济时代，他在粮所担任统计员，掌握着粮票分配大权，彼时四方来求，年轻的舅舅威风八面。

我当然是受惠者之一。上高中时，学校在离家几里地的公社驻地，需要住校，除了带地瓜面煎饼和自家腌的老咸菜，我身上还装着几斤。需要改善生活时，就到校外饭店买几个馒头，一斤粮票另加一毛五分钱，可以买到五个馒头，从口袋里掏出那个二指宽的小条，竟有一种高人一等的感觉。一般群众是没有粮票的，没有粮票，你再多的钱也买不来馒头，粮票等于特权啊。

考到外地学校，舅舅为表祝贺，送给我一百斤粮票，有全国的，也有山东的。我到济南火车站乘车，候车厅里乌泱泱的一大堆人，有个壮年汉子，挤在里头，拍拍这人肩膀，拍拍那人肩膀，低声下气地说："同志，同志……"没人理。一会儿拍到我，说："同志，同志，能不能卖给我点粮票啊？"看他可怜巴巴的样子，我小声问："你买粮票干什么？投机倒把可是犯法啊！"汉子苦笑着说："兄弟，我是大队书记，出门忘带粮票了，光有钱买不到吃的，已经饿了两天了。"说着，把我拉到僻静处，拿出盖着村公章的介绍信和几张十元面额纸币，看我将信还疑，忙将十元塞在我手里。我没要，送给他一斤粮票，汉子千恩万谢地走了。

有人说，粮所会垮掉，舅舅哧笑，人到什么时候都得吃饭，怎么会垮呢？

但世事的发展没有依舅舅的意志为转移，粮所说垮就垮了，舅舅没想通，下了岗，一下子瘦了，胖乎乎的身体变得单薄，不复有往日那种威风。世上没了粮票，粮食倒多得吃不完，大家就忘了粮票，舅舅家里也冷落起来。

舅舅的工资没了保障，舅妈和几个表妹早转成非农户口，农村老家也没了地。一向衣食无忧的舅舅慌了，上有老下有小，下半辈子靠什么养活一大家子人呢？舅舅愁坏了，面上无光，整日呆在家里唉声叹气。幸好，舅舅有位朋友会造建筑涂料，在泰城开了家工厂，就把舅舅请到厂里，手把手地传授技术，舅舅学成，也开了家涂料厂。一开始只有他和舅妈两个人，既当工人也当推销员，那些年到处都是建筑工地，涂料厂越干越大，舅舅很快走出困境，成了富甲一方的名人。舅舅经常说："亏了那位朋友啊！当年缺粮食的时候，我每月给他几斤粮票，他可感激我呢！"

舅舅珍藏着许多全国和山东地方粮票，本来为了防饥荒，慢慢成了废纸。前几日，舅舅又买了新房子，搬家翻出那些粮票，一古脑儿送给了我。听说现在时兴粮票收藏，我上网找到份价格表，发现六十年代初的几套价格颇高，有的一套竟要上万元，我把这几个年份的挑出来，一共有几十张，送还舅舅，告诉他收藏价格。舅舅复又珍藏起来，说："不缺那几个钱，不卖，留起来当个纪念吧！"

第四辑

乡亲述记

每次回老家，总想找四姑坐坐。

四姑将近九十岁了，独自住在村中邻街一个小院，四姑儿子、儿媳住在街东中间，和四姑只隔了一户人家，方便随时照应。我每次去，四姑总说，啊，俺侄来了，眼睛放出和善、亲热的光，亮亮地盯着我，面带微笑，脸上细密的皱纹舒展开来，接着便刷茶碗，涮茶壶，问，俺侄喝大叶子还是小叶子？大叶子是一种红茶，俗称"老干烘"，便宜，一斤十块钱左右，村里老年人最爱；小叶子就是绿茶了，最便宜的也要百十元，年轻人喜欢。我说，喝大叶子吧，平常捞不着；四姑说，还是喝小叶子，你大表姐从青岛寄来的，贵着哩，说是几百块一斤，这不是喝钱吗？平常我可舍不得喝，泡一壶咱娘俩一块儿尝尝！

从我记事起，四姑对待我，一直就这么和善和亲热。

这条街，往西百余米，是我小时候的家，我们的活动天地大多在这条街上，我那时眼中大人，多冷漠无情，不熟悉的外姓人自然是冷面，熟悉的本姓人，也是一副高高在上的样子，似乎很不屑与我们小人说话，我也就格外有自知之明，见了他们，不是远远躲开，就是溜墙跟一跑而过。而四姑就不同了，见了四姑我从来不躲，因为四姑隔着老远就面露笑颜，走近了就主动打招呼，露出亲热、和善的微笑。

四姑为闺女时，和父母一起住在张姓居多的街上，按亲戚和辈份，张家人平辈的应该叫表姐，小一辈的叫表姑，但他们从来都称四姐和四姑；后来四姑嫁到张家，张家又应改口叫嫂子或大娘婶子，但他们仍没改口，还叫四姐或四姑。他们从来没把四姑当做外人。

四姑从小至老，一直热情和善，乐于助人。四姑不医不官，但似乎谁家有了事情，都乐于找她处理，四姑总是有求必应，不怕麻烦，带着她那惯常的和善和一颗善解人意的心，把一些纠缠如乱麻的乡村杂事，梳理得头头是道，让人心服口服。四姑威望渐高，见了大人小孩仍是一视同仁，和善的目光和温馨的微笑不知宽慰过多少人的焦虑和烦恼。

兵荒马乱的解放前，庄稼连年歉收，像许多农家一样，四姑一家陷入了困顿，有一年秋季，家里实在揭不开锅，不得不去外村乞讨，碍于面子，不想让街坊四邻知道，姊妹几个往往趁着天未亮，架了梯子翻墙而出（怕开大门会有响声或者引起邻家狗叫），等天黑透了，趁着没人，才敢返回家。少时吃苦，婚后也没消停，四姑生养了一男四女五个孩子，还收养了一个侄子，姑父参加淮海战役受过伤，不能干重活，晚年常年卧病在床，四姑一双柔弱的双肩，挑着全家生活的重担，直到子女们全部发育成人。

一个多月前，我又去四姑家，看到老人家身体尚硬朗，就夸赞了几句。四姑叹了口气说，我倒是挺好的，就是挂心的事忒多了。几年前，她养大的老侄子出车祸去世，几位子女，也都各有各的难处，她有时睡

115

不着觉，想了这个想那个，可又无能为力，操不完的心哪！我说："您看，现在啥也不缺，多好的日子！"四姑说："要没有挂心的事儿，就更好了！"

前几天，村中忽然有人来信，四姑老了。我的眼前一阵黑暗，一盏从小至今一直让我感到人世温情的灯倏然、永远熄灭了。我没能回去送行，就写这篇小文权作纪念吧！

锢炉子姑父

　　一位大姑，嫁给本村张家一位表大爷，这位表大爷便成了我们的姑父。大姑出嫁时还没我，我知道这门亲事时，正和大姑家二儿子小兵小学同桌。一日，小兵神秘地对我说："你知道吧？俺娘是您姑，咱是表兄弟，我得叫你表哥哩。"我们一直互称姓名，突然掉下这么个表弟，我感觉很新鲜，就说："那你叫我声表哥听听？"小兵说："抽空吧，你再到俺家，我就叫！"

　　小兵父亲是位锢炉子，知道叫他姑父后，我就叫他锢炉子姑父。

　　啥是锢炉子呢？现在年轻人大多已不知这是个什么行当了。我们村流传过一句顺口溜，单表锢炉子：锔盆锔碗锔大缸，锔轮船，锔楼房，锔天锔地锔太阳！

　　前些年，我们村干这个行当的多达六七十人，他们或挑担，或推车，早出晚归或者宵行夜宿，足迹遍及新泰、莱芜乡村，手艺远近闻名，人称云河锢炉子。每逢夜晚，清脆的丁丁当当之声响彻夜空，那是锔炉子在家打制锔子，以备第二天业务之用。这个时候，我最喜欢到姑父家，一边看他打制锔子，一边听他讲故事。

有一则故事至今不忘。五行八作，皆有祖师爷，如木匠祖师爷是鲁班，锔炉子这一行归铁匠，祖师爷是太上老君。一日，某地来了个锔炉子，村口摆下摊子，当地有个财主问："你都能干啥活啊？"锔炉子说："不锔罐子不锔盆，专锔大家伙。"财主说："闻听你这行是待要挣钱，锔锅补盆，打锄打镰；您会打啥呢？"锔炉子说："俺啥也会打，只是得先锔个大家伙。财主指着远处一座十几米的高塔说，那个塔是个大家伙，前几天打雷震裂了，你去锔锔吧！锔好了，你要多少钱给你多少钱，锔不好，立马滚蛋！"锔炉子远远望了一眼，说："今晚锔好，明天早上你过去看吧！"第二天一早，锔炉子拉着财主到塔跟前，抬头细看，裂缝果然没了。可财主想赖账，就说："这塔本来好好的，根本不需要锔，我不过说句玩笑罢了。你不说啥都会打吗？你要能照着我长这样子另打出一个，我分给你一半财产，如果打不出来，就把你家伙什砸了，立马滚蛋！"锔炉子说："空口无凭，咱得把乡亲们叫来，立字为据！"财主邀来一众乡亲，写了字据。过了一夜，财主和众乡亲来到摊子前，果然看见一个和财主一模一样的人！财主知是遇上了神仙，立马瘫了，乖乖地把自己的一百头牛和一千亩地，分出一半。锔炉子说："这些东西本来都是乡亲们的，还是还给乡亲们吧！"姑父说："这位锔炉子就是咱门里祖师爷太上老君，这个村子就是咱们村，老君看咱村人忠厚实在，就住了几天，手把手把手艺传给咱先人。"我问："那塔在哪儿呢？"姑父说："那个塔，是太上老君特意从天上带下来显灵的，老君走的时候，把塔缩得跟个高桩馒头似的，托在手上带走了。"

当这个行当快要消失的时候，锔炉子姑父已经是七十多岁的老人了。他刚干锔炉子时，挑着担子，后来推着车子，最后骑着自行车，越来越轻省便利，活儿却越来越少。最后，家家户户都换了不锈钢和塑料制品，谁还会锔盆锔锅锔大缸呢？然而，姑父还是每天骑着自行车，带着那套家伙什，走村串巷，他那些顾客也都老了，见了他热情挽留，喝茶讲古。没什么活儿，姑父也不好意思多待。一村村串过去，常常是一天开不了张。

此时，表弟已是一位小学校长，像老师宽容小学生似地对我说："你姑父愿去哪儿就去哪儿吧，权当锻炼身体了，省得在家闷出病来。"

老大哥

老大哥八十整，乃某单位退休职工，每月领退休金数千元。去年突然给自己打了一卦，今年到了"回头"的年龄，于是要给自己打"喜坟"。我回老家时，辗转听到消息，便过去送"喜钱"，老大哥没在家，大嫂说啥也不收，说谁的都不收。吾乡人皆喜欢客气，我说："我不常在家，正好知道了，这就是缘分，不收谁的也得收下我的啊！"硬将两张百元钞票放在茶几上告辞。嫂子说："你哥回来得凶我，叫他给你送回去吧！"

回到家，我接着就走了。一个多月再回去，正遇上告我消息的四哥。他老远就说："你那次走了，大哥来给你送钱了，他谁的都没要。"又说："让我看到你回来过去跟他说，我这就说去！"我拦住，说："再说吧，我有急事，马上又要走。"实际上，我没走。第二天早晨五点多起床，照例到村东河边转悠，经过大哥的承包地，他正挥着镢头刨地。这地有三四亩，老大哥每天都要过来劳作，把一块庄稼地侍弄得跟花园似的。打过招呼，大哥说："你看，我不知道你回来，你那二百块钱，我得给你，我没带，你等着，我这就回去拿！"我说："我哪有空儿，马上有事走！你这么大年纪了，怎么还这么拼命？"老大哥说："兄弟，人不能闲着，我闲着浑身难受！"我知道，他干完早晨活，回家吃过早饭，还要回来忙一上午。下午也不闲着，要到漫坡地放羊，他最多养过三四十只，现在只剩三只了，不只为了放羊，好像还要"放"自己。他说："兄弟呀，你大哥快不行了，血压高到250，三级冠心病，说倒下就倒下啦！"我说："别担心，看你脸儿红扑扑的，带着长寿相哩！"大哥拄了镢柄，说："我告诉你个秘密大兄弟，到野地里拔些疥蛤蟆草，用水煮了，每天洗头泡脚，保你百病不生！身上有点疥啊癣的，捣烂抹汁，没几次就好！就是羊有什么毛病，用这个也很管用哩。"

转眼过了春节，初三回去拜年。刚进家门，还没来得及打扫卫生，大哥就进了门，拄着一截树棍，穿着厚厚的新棉衣。大声说："大兄弟，这回可把你逮着了！"我也大声说："哈，又来送钱了，这点儿钱让你惦记了好几个月，再不收回就不好意思啦！"接过大哥递过来的钱，四哥也来了，我们开始喝茶聊天。大哥说："您嫂子在家包包子哩，晚上都过去吃去！"我们应付着，继续聊天。门外又出现了大嫂的身影，也拄着一截树棍，大声质问："不是叫你来叫咱兄弟吃饭吗？怎么老不回去呢？！"我拿了一盒茶叶塞给大哥，说："您先回吧，我们马上就到。"

这晚上，果然都去了，喝了点儿酒，老大哥又谈起当年风光，某县城唯一一辆吉普车是他座驾，他差点儿成了大官。我们都知道，这是他喝多的标志，接下来就要详述当年盛况了，我们赶紧扣了杯子，宣布不再喝酒。四哥说："你好生着爱惜自己吧，我们还指望你那退休金多喝两杯哩！"

四哥的聊斋

四哥可能是我们家族最有文化的人，我记事时，他就戴着眼镜，眼镜是学问的象征，四哥在沈阳念过小学，那时沈阳还不叫沈阳而叫奉天。四哥先是光棍一条，自有住宅一间，低矮狭小，却自己起了个名字叫"聊斋"，为何叫这么奇怪的名字？四哥反问这奇的啥怪？斋是屋，聊斋就是兄弟爷们聊天拉呱的屋子。后来当我知道有本清代小说叫做《聊斋志异》的时候，我才承认，四哥有点儿学问的确不假，眼镜的确不仅仅当摆设。

光棍无牵无挂，清静无为，"聊斋"之称名副其实。许多年来的一些夜晚，我都跟着父亲前往聊斋，听大人们拉呱讲故事。四哥比我父亲大三四岁，我曾相当疑惑，这个年龄应该称其为大爷，为啥却叫他哥呢？父亲说，你是萝卜不大长在辈上了。我似懂非懂，感觉叫他哥有些别扭，从不叫他，他毫不计较，亲热地称我为"大兄弟"。

四哥说，奉天改称沈阳后，他做起了小生意，捡破烂兼做货郎，他说过我们祖上有位老爷爷曾从事此业，用几粒糖豆儿从一个小孩子手中换回了一块黄铜，不料该黄铜竟是一块金子，祖上变卖金子开设了油坊，由此家业大兴——这成为我们家族的传奇和光荣，四哥也想再次时来运转。货郎担上，必备糖豆儿，以便随时随地换取黄铜，说不定像老爷爷一样幸运地得到一块金子。然而，干了年把，黄铜倒换回不少，也收到不少，可惜竟无一块金子，两桩生意所赚，仅够糊口而已。四哥焦虑，走街串巷找到一位算命先生，求教为何总不发财？先生掐指一算说："你不发财，是因为你老家饭屋菜板底下，压着一块一米见方的东西，如果不拿掉，你一辈子发不了财。"四哥疑惑，坐火车返回家乡，到饭屋一看，菜板底下果然压着块一米见方的石板，石板上刻着许多人名。问他父亲，他父亲说这块石板原来在野地，他看着当个垫板正合适，就拿回垫案板了。四哥细看，所书人名后皆有捐款数额，乃明朝本村先人捐建学堂功德碑，据说最初砌在墙内，四哥说服父亲，拆下功德碑，烧纸磕头，送往村小学保存。随后，打点行装，欲重返沈阳，再续发财梦。启程当日，几位在沈阳"混穷"的本村伙伴忽然集体返回，四哥惊问其故。原来沈阳发布政策，没有正式户籍的各类人员一律遣返回乡，四哥遂成为一名农民，因为有文化，当了队长。队里几十位男女社员一起出工，四哥的眼镜片在阳光下一闪一闪，晃得大家心烦，遂为其取诨名四眼子。有几位大嫂子，常将其眼镜藏了，撺掇其搜身，四哥乐此不疲，媳妇们往往灵巧地将其摁在地上，七手八脚解下他的裤腰带，露出肚皮，此举名为"看瓜"，为彼时乡野田间一大娱乐项目。

后来，其中一位小媳妇丈夫因病去世，四哥明媒正娶到聊斋，很快生了儿子，聊斋也就消失了。

四哥和菊姐是我本家族的两位建筑工。四哥七十四岁，菊姐五十五岁。四哥在本村，跟着一个建筑队，接砌墙盖屋的活儿，他干的是小工，搅拌水泥和沙子，干一天四十五元；菊姐出嫁到了邻村，这个村的建筑队大，工程从乡下干到了泰安，菊姐一路跟着，做的是钢筋工，比小工要多点技术含量，干一天一百八十元。

有一天，菊姐回娘家，路遇四哥，说："四哥哎，你一大把年纪了，费劲巴力的，听说才挣四五十元，还不按时发。你看你侄女我，干一天一百八，哪天干完活都发到手里，要不跟着我们干吧？"菊姐有些自豪，满脸的甜笑。菊姐是圆脸，笑起来眼睛弯弯，很好看。从小，我最喜欢看她笑。四哥就不行了，五短身材，胖胖的，戴一副黑框眼镜。四哥做事一向有"风格"，来我家串门，给他递上一支烟，他吸着，嫌少，左耳朵上夹一支，右耳朵上再夹一支，要不，干脆把剩下的都装进腰包里；糖块是给小孩的，他也不避嫌，拿自己当小孩子，也要，含到嘴里稀稀溜溜地说甜。一块不够，要两块，一起吃，这就奢侈了，有点过分。四哥比我母亲年龄大，按辈分叫我母亲婶子，母亲很喜欢这个老侄子。但很多人不喜欢他，有一个原因，四哥业余爱好是给人起诨名，我的诨名就是他起的，有人叫一次便恨他一次。四哥最终还是得了报应，给一位邻居女人起了个很难听的诨名，这个女人最后竟成了他媳妇儿，大家叫着就有些报复和幸灾乐祸的意思了。但四哥不在乎这些，不管你是喜欢还是讨厌，他老是那副样儿，我行我素，特立独行。四哥对菊姐说："我说大妹子，你就别寒碜您四哥了，老胳膊老腿的，比不过你年轻人啊！这把老骨头，有人要就不歪哩！"菊姐宽容地笑笑，有点恨铁不成钢的样子，却再不好说什么。

　　进入伏天，天热赛蒸笼，隔三差五一场大雨。下雨天，建筑队歇工，我到四哥家串门，四嫂说，平常没空，好不容易等到个雨天，下坡拾掇地了。将近正午，雨停了，我正在院中喝茶，大门咣当一响，四哥闯进来，光着脊梁，大声道："大兄弟，你找我了？"不等答话，兀自坐下。摸出一根烟，点着，深深吸了一口，复又站起，从鼻孔里喷出两股浓烟，走近水桶，舀了半舀子生水，仰起脖子，咕咚咕咚喝。我说："四哥，喝凉水要生病的，这不有茶么？！"四哥道："你那是公家人讲究，咱老百姓，还是喝这个过瘾！"传说四哥一直喝凉水，看来是真的。四哥坐定，又深吸了一口烟说："听说菊姐了么？前天死了，昨天咱老谭家刚吊完丧。"我心中一惊，听四哥往下说。

　　三伏天，菊姐在泰安工地干活，突然感觉不像以前有劲了，硬撑了几天，越来越没劲，饭也不愿吃了。不得已，到医院检查，竟是肝癌晚期。菊姐有两个儿子，都在外地城市，菊姐怕耽误他们工作，来回花冤枉路费，谁也没告诉，自己和老伴在医院苦熬。建筑队人手少，一个萝卜一个坑，菊姐不想失去这份工作，没告诉老板，想等着病好再去干。人家见菊姐不上班，来电催问，菊姐才无奈地说："我可能快不行了，你另找人吧！"没几天，真就不行了。一个儿子赶回见了一面，另一个儿子，路远，只见到了遗体。四哥说："您这个菊姐，纯是累死的，她娘快八十了，哪年过生日，她都舍不得回来一趟，就是怕少挣一天钱！你看您四哥我，挣多少钱也不愿出远门，还是在自家门前干着舒服。咱在这块地盘上习惯了，怎么干都不觉得累！"

　　四哥吐云吐雾，我恍似回到几年前。有一天，我正上班，突然接到菊姐电话，说她在泰安城南，想给儿子买套房子，让我帮着看看。正是冬天，北风呼呼刮着，菊姐头上裹着一条半旧的蓝灰围巾，脸冻得红红的。儿子跟在后面，像小绵羊跟着老绵羊。那个小区叫幸福里，我们转了半天，终于选定了一套。菊姐满意地说："这段时间在泰城干活，天天见着泰山，心里觉得有靠山，住在这里，这靠山就更牢靠了。"我们那地方，信奉泰山奶奶，她老人家是我们所有人的保护神。选好房，我想请菊姐娘俩吃饭，菊姐说啥也不肯，说家里忙，拉会儿呱就得回去。我们在售楼处找了座位，家长里短的聊起来。菊姐说："干建筑这活是累点儿，可挣钱也多。你看房子这么贵，要是不帮衬着，光靠你外甥那点工资，啥时候才够买房？再说，在村里干，一天才挣几十元呢。"便谈起四哥，说："你看四哥七十多了，累死累活干好几天才顶我一天哩。"四哥也是为儿子娶媳妇挣钱，农村娶个媳妇，连彩礼加房子，没有二十万是下不来的。四哥年近四十还没找着媳妇，险些打了光棍。后来侥幸找到，添了个大胖小子。四哥陡然焕发了活力，先是到东北打工，冬天夜里睡觉生着煤炉子，险些被煤气熏死，回家住了半个月的院。从那，四哥再也不外出，只在本村干建筑。儿子的房子，先盖了平房，媳妇没找着，平房又不符合标准了，四哥只好又改建楼房；楼房刚建好，又流行买车了；车买了，儿子年龄已经偏大，年龄一大，女家索要彩礼也多，二十四五了，媳妇还没着落。菊姐同情地说："四哥的钱，哗哗地往外淌，那可都是四哥的血汗哪！"

那年仲秋节前，菊姐又来电话，说："大兄弟给你外甥买房操心了，专门让婆婆喂了两只大公鸡，回家别忘了捎着，过节杀了吃，补补身子！"我答应了，但始终没去拿。早听说菊姐给儿子攒钱买房，生活十分节俭，一分钱恨不得掰成两半花，还是让她自己留着补补身子吧。没几日，菊姐突然又来电话，说正好来泰安干活，把鸡捎来了，她急着上班，没空给我送，让我到车站拿。两只大红公鸡，用红绳绑着腿，放在一只篮子里。这个菊姐，真是太实在了，这样的好人，怎么说死就死了呢？

四哥说："你菊姐，死得不值，两个儿子，都在城里买了房，她可一天福都没享，建筑这种活，哪是女人干的？我就知道她活不长。您四哥我干了这么多年，多苦，多累，多脏，咱都不怕，咱是男爷们嘛，咱干到八十都没问题！"此时，四哥不像个建筑工人，倒像位算命先生。两个镜片随着摇头晃脑而明暗交替，菊姐似乎正透过镜片，忧郁地、微笑地看着我，我们，我们这个世界。

锔婚

　　四哥听说儿子离婚的时候，儿媳妇已经回了娘家。

　　四哥赶到儿家，一岁多的孙女正在哇哇大哭，儿子兀自立着，不知所措。四哥对着儿子的瘦脸，挥手就是一巴掌，啪地脆响未落，四哥已走出儿家，拐弯走到小卖部，要了一盒"玉溪烟"，想想，又要了一盒。开小卖部的是位本家侄子，吃了一惊，说，四叔，您老这是咋啦？这烟二十多一盒，不过了？四哥说，办大事，就得有大气魄！四哥在建筑队干小工，日薪二十元，从不舍得买卷烟，一天天攒着，累死累活，好不容易给儿子盖了房子，娶了媳妇，哪想到他们会离婚？这回他决定亲自出马，把儿媳妇叫回来。

　　四哥穿戴整齐，又买了鸡鱼肉肘，一箱好酒，骑车到亲家村子，一路打听，到了亲家门口，大门锁着，看来早已有快嘴通报，人家躲出去了。四哥停了车子，将礼品搬到上马石上，推开邻居大门，说俺亲家可能有事，俺就不等了，礼品留下，麻烦您给转告一声。四哥铩羽而归，隔天又去，这次逮了自家喂的一只大红公鸡，拴了双腿倒挂在自行车把上，身穿家常衣服，头戴鸭舌帽。进了村子，将帽沿压低，一直骑到了亲家大门口，一言不发闯进院子，儿媳正收拾东西，慌忙闪进堂屋，关上门不见了。女亲家脸现在玻璃窗上，对四哥怒喝，你是什么人跑到俺家来，俺不认识你，赶紧走！四哥说，亲家啊，哥对不住你，没教好孩子，也对不住媳妇，俺这是赔罪来了。女亲家说，你走吧，离婚了俺闺女还回去？没门！四哥又道歉，又赔罪，屋里再没回音。

时正深冬，四哥有些冷，在院里来回走，男亲家回来了，铁青着脸，四哥掏出好烟，递一根，人家不接，只是攮他。四哥说，俺骑二十多里路，又冻了这半天，叫俺进屋喝口水再走？男亲家说，水到处都有，随便哪儿喝去吧！四哥看到一个白铁水桶，冰厚得像瓶底子，水舀子冻在上边。四哥撬起舀子，砰啪砸开冰，舀了一大舀子水，咕咚咕咚喝了一气，咂着嘴说，您这地儿水真甜啊！把大公鸡从车把上取下，撒开，大公鸡脱离了束缚，扑棱着翅膀跑开，鸡冠子红得像画上去的。男亲家还没反应过来，四哥骑上车子，一阵风似地没影了。

眼看一个月快过完，四哥已经跑了十八趟，又七大姑八大姨的托了无数关系，媳妇还是没回来。第十九趟，四哥带上儿子和开小卖店的侄子，一进亲家大门，三人就跪下了。年关将到，飘着小雪，门外有人看景，越聚越多，堂屋门终于打开了。

离过年还有几天，媳妇回来了，破镜重圆。来年冬天，媳妇又生了个儿子。自那，四哥名声大噪，求其办此类事者，络绎不绝。有那倔犟不肯低头的，人都说，你也学学四哥，就是跪着，也得把媳妇叫回来！

吾村有多人擅锔艺，锔盆锔碗锔大缸，甚至有人宣称铜暖瓶胆，锔电灯泡，擅锔婚者，独有四哥一人。

　　那些年，在乡村，我们最崇拜力气大的人，谁力气大，谁威望就高。力气大的人，干起活来一个顶俩，在生产队，和力气小的人拿一样的工分，有点儿威望也算一种平衡。

　　我有一位大哥，名叫鲁智深，抱得动碌碡。年轻人已经不太知道这种东西了，那时却是农村必不可少的生产用品，割下来的小麦，主要靠它脱粒，脱粒之前得打场，也主要靠它反复将暄土碾实。在云南，我见过一个最大的碌碡，估计得有两三吨，据说抗战时，当地老百姓用来修建抗击日寇的机场，这种碌碡是特例，一般的重二百斤左右，除了力气大的人，一般人抱不动。生产队收麦子，集体在地头吃饭，妇女们负责做饭送饭，饭是新麦新面蒸的大馒头，还有新鲜的绿豆汤解渴消暑，大哥一见，两眼放光，还没等送饭的人放下挑子，两只手就到饭筐里抓了两个大馒头，转眼间就吞进了肚子，传说大哥一顿饭能吃十八个馒头。有人抗议，你这么吃简直是浪费粮食，猪吃了还上膘哩。大哥边吃边说，没看活干得比你们多？大牛比小牛就是吃得多，大牛出力多嘛。有人说："鲁智深，你吃饱别倒拔垂杨柳啦，把那个大碌碡举起来让大伙见识见识！"说这话的人我叫他四哥，身板瘦小，却戴着副大眼镜，貌似很有学问，人称四眼子。大哥瞪起眼珠回击："我姓谭，不姓鲁，再叫这诨名字我把你倒提起来扔到水沟里！"四哥说："不叫你鲁智深叫啥？大牛？"有人起哄："那你也别叫四眼子了，叫小牛吧！"四哥喜欢给人起诨名，据说大部分村人的诨名，都是他起的。

转眼到了冬天，我们又要到十几里外的矿上推炭了。当时矿上管理不严，更没有电子秤，都是人工过磅（称重），给过磅的人扔两盒不到两毛钱的"泉城"烟，过磅重量便会降下一二百斤。大哥一行十几辆小推车，凑钱买了一条烟送上，过磅员放过了前五辆，后面的不灵了，于是吵起来，最终演变成一场混战。矿上人多又兼地利，我们的人败下阵来，四散而逃，小推车和炭都被扣住了。回到村里，请求村长协调要回车和炭，村长一听火了，说丢人的事，我不管！再没二话。大哥无奈，找四哥问计。四哥痛快地说，我给你办，可你得答应我个条件！大哥说，说吧，啥条件我也答应。啥条件呢？四哥说，你听安排就是了。

第二天，矿上领导接待了我们村协调团一行，包括梳着大背头、披着呢子大衣的村长，戴着眼镜、斜挎着背包的大队会计和大哥。大哥光着脊梁，背着一小把刚扯下的槐树枝子，枝上叶子青绿着。会计对矿领导和颜悦色地说："领导啊，这叫负荆请罪。"脸色一变对着大哥喝道："鲁智深，还不跪下？！"大哥把槐枝取下，趋前就跪，矿领导慌忙拉住，一连声说："鲁、鲁、智深？小事，小事，哪还用磕头啊！"一直端坐的村长开口道："领导啊，你看咱老百姓这么实在，没多少文化还整出这么隆重的事儿，要不是咱矿上人多，把俺村人都打得住了院，他们就都来请罪了。小推车是重要生产资料，咱还等着交公粮哩……。"矿领导说："那是当然，耽误啥也不能耽误交公粮啊，您赶紧叫人推走吧！"

躲在矿门口的那十几个人，推着各自的车和炭，浩浩荡荡回村了。大哥推着车，扮演会计的四哥和扮演村长的表哥走在一边。这位表哥，便是我曾写过的，擅说书。大哥说："您俩可真会装！表哥啊，您可别把呢子大衣弄脏了，回头我得赶紧还给人家，我还得搭上两盒烟哩。"四哥说："鲁智深，光有力气啥用？得学咱表哥，多读点书！"

在老家，经常被乡亲们邀请坐坐，这意思是几个人在一起喝酒，有事要商量，郑重其事；没事，叫喝个闲酒，城里和乡下，似乎都这个说法，可见城乡已无多少差别。我不喝酒，不太喜欢在城里参加这种场合，但在老家却是例外，几乎逢叫必到。这些兄弟爷们，上点岁数的，看着我长大，年龄小点儿的，我看着他们长大，故而毫无隔阂。看一桌人推杯换盏，渐入佳境，交头接耳，酒话连篇，诈语真言，亦算一大享受。

这天的坐坐在一同族老弟家里。老弟的父亲我叫四叔，已去世数年。四叔在世时，忠厚老实，寡言少语，我经常见他找爷爷，抽烟，喝茶，一言半语，烟雾缭绕。那时老弟还小，我外出求学、工作，老弟长大成人，娶了本村媳妇，媳妇家跟我老家离得不远，他的岳父岳母，我原来也是喊大爷大娘，见了面特别亲热。媳妇我也从小认识，只是不熟。老弟有两个闺女，老大大学毕业考取了济南一所中学教师，老二正在上大学。一家出供两个大学生，在我们家族、我们村是很少见的，故而成了大家羡慕的对象。他们的宅子，由老屋改造，宽敞明亮，小院酒满阳光，站在平房顶上，西南可望我们村凤凰山，西北可望十里外竹山子，东北可望三十里外莲花山，这天天朗气清，诸山比平时近了许多，宛在眼前，我说你这才是名副其实的"山景房"哩，老弟笑说，夏天坐在这儿可凉快啦！

老弟两口，年近半百，都在镇驻地起重机厂当电焊工，电焊是门技术活儿，男人干常见，女人干，尤其是农村女人，就不多见了。村人说起，皆赞叹不已。起初他们在一个厂，一起干。弟妹愤愤不平地控诉，跟他干一样的活儿，有时比他干得多，干得好，工资硬是比他少，还得受他的气，凭么呀？后来，他们分开，各干各的，但弟妹的工资，还是比老弟少。弟妹说，女人活该啊？下了班还得伺候他，他是啥也不管，光知道吃饱了睡觉！早就听说老弟有福气，弟妹啥都由着他，每早给他冲了鸡蛋送到嘴边。两个闺女很懂事，大女儿上学时年年拿助学金，二女儿业余当家教，她们都不想让爸妈，特别是妈再干电焊工。

饭菜从邻村饭店订，准时送到，一桌人都是本族，按辈份和年龄坐定，酒宴开始。我建议弟妹与大家一块吃，弟妹拒绝，说："还得按咱老家风俗，女人不能上席。"我说："都啥年代了，还这样？"老弟说："不这样不坏了规矩？那可不行！要坏也不能从咱这里开始！"菜少不了鸡、鱼、肉、丸子四大件，大家各撩了两筷子就不动了。这些人，有四位是我们村有名的厨子，鸡鱼肉肘各有擅长，对饭店的菜充满了不屑。有人提议，以后再有这种场合咱自己做，别跟饭店生气啦！菜没动多少，大家还是喝得醉马倒枪，一个个东倒西歪地走了。

老弟喝了不少肯定倒头就睡，弟妹得先吃了饭，再收拾残局，明天还要一早到镇上打工，可真够辛苦的。我的眼前，竟不由得浮现出他们小时稚憨可爱的样子。

侄子们

前几年，我到省城公干，与一位文友小聚。文友突然想起什么似的说："我们小区有位姓谭的伙计，很热心也很有办法，总为业主的麻烦事出头，听说也是新泰的，和你有关系吗？"问清姓名，我说："那是我侄子啊。"文友端起杯说："缘份啊，你侄子和我很熟，还给我办了件事，敬你这当叔的一杯，见到老家人好好夸夸他！"

我写过，我们整个家族来自一位老祖宗，可以说是一家人。我这辈是第六世，第七世的便都是我的侄子辈，男女大约有七八十人，最大的年近七十，已有了孙子，最小的四五岁，还在牙牙学语。随着年龄增长，我对他们日益熟悉。我对家乡的眷恋，很大程度上是因为有这些侄子们。

在外学习、工作四十余年，家乡的一切渐渐远去的时候，我又回到那片故土，整修了老宅老院，不时抽空回去住上几天，足踏故乡的泥土，耳听亲切的乡音，身心有一种难以言状的轻松，非其他境况能够替代。侄子们不时来我这儿一叙，让我倍感亲切和温暖。

我是我们家族第一个通过高考走出来的人，多年以来，都是大家教育孩子们好好学习的榜样，当然也是侄子们羡慕和崇拜的对象。但小我一辈的侄子们，单从学习来说，却是典型的阴盛阳衰，多位侄女考上了大学、硕士、博士，侄子们大部分没能考上高中，有的初中没毕业就辍了学，家长们虽望子成龙，但也不得不接受现实。彼时艰难的农村岁月，供养孩子上学相当不易，孩子早早辍学，成为劳动力，可以减轻家庭不少负担。故而，孩子们辍学，家长们虽觉痛心，但又乐得家庭增加一个能够应付生活的帮手。令人欣慰的是，多年过去，这些没能进入高校深造的侄子们，走出村子，到祖国各地打拼，不怕流血流汗，竟也各怀其技，开工厂，办公司，搞经营，学技术，都在社会上争得了一席之地，撑起了一片属于自己的天空，比起受过高等教育的天之骄子，一点也不逊色。

有位侄子，一翅子扎进了省城，加入城建大军，从打工仔做起，自己成立了公司，现已资产过亿，两个兄弟，也都跟着他干，都在省城买了房，站稳了脚跟，成为名副其实的城里人。和省城文友同住一小区的，便是老大。兄弟三人都很孝顺，专在省城买了房子，要把乡下的父母接过去享福。父母都已年近七十，都有病，却宁愿守着几亩地，不愿去城里。前几年，父亲因故去世，剩下母亲一人，兄弟三人又动员去城里。母亲住了几天就回来了，说住不惯楼房，咋着也不如家里舒坦。兄弟们无奈，只得依了母亲，农忙时回来，节假日也回来，帮母亲耕种收割，共渡佳节。

大家不时品评一番，侄子们大都能干能闯，不论从哪方面看，已成为家族的主力和骨干，我们这辈已甘心退居幕后了。曾经被侄子们崇拜和羡慕的我，也崇拜和羡慕我的侄子们。

人随时代。时代不断进步，人类就会一代比一代强。侄子们的侄子也当如是。

表大爷

曾经，我家的大爷和叔数不清，表大爷和表叔更是不计其数。清代雍正年间，老祖宗携妻投奔岳父，扎根本村，逐年开枝散叶，繁衍至今已有九代数百人，称呼岳家人俱在前边加一"表"字，岳家乃村里第一大户，人口众多，而我作为第六代，生下来就已拥有了一大帮大爷和叔，自然还有表大爷和表叔。

我说的这位表大爷，却不是本村的，而是本族一位兄长成家，娶了人家女儿，这位表大爷也就成了兄长的岳父，该岳父比我父亲年龄大，就须称其为表大爷，这样的表大爷可能从未谋面，从不相识，但见了，仍然要尊称为表大爷。我认识这位表大爷时，其女儿年内刚做了兄长的媳妇，成了我的大嫂，按当地风俗，过完年后，兄长要携新媳妇回门，俗称"认门"，一般由家族内一位小叔子陪同，这个任务落到了我身上。新媳妇回门要带厚礼，平时去岳家撅个笸子头，装两瓶老白干，两包饼干或者鸡蛋挂面即可，这头一次可要隆重得多，除了常规礼物加倍，必再备两只大红公鸡，每只公鸡十来斤，加上其他礼物，份量就有些重了，一个篓子盛 不下，须用扁担挑着。新女婿是贵客，重担须由陪同者来挑。彼时我身矮体弱，小路崎岖不平，挑了一阵便觉肩疼气短，无力胜任，幸亏兄长力大，接过担子，挑在肩上如同无物，走起来风快。不觉到了邻村，嫂子突然说，我看见咱爷在村头瞭着哩！果见村头站着一位老人，正在几个嬉戏的孩子间，翘首望向这边。兄长赶忙把担子交还我，我挑起担子，压在肩上，皮肉仍疼着，摇摇晃晃坚持到村头。老人迎上来，嫂子说，这是你表大爷，这是俺兄弟！我弱弱地叫了声表大爷。表大爷憨厚地笑说，没想到你个子不高劲还挺大哩，这担子可不轻快啊！同时对一旁跟我年龄差不多大的小伙子说："快接过你表叔担子来！"小伙子说："姑哎，你找的这个小表叔劲可不够大啊，我老远看见担子是俺姑父担着哩。"我猛地长了辈，惭愧着，红着脸，冒着汗。表大爷似乎没听见，一路跟我拉家常，问长问短。到了家，喝过茶，便要坐席。席是我们当地最隆重的"三起三坐"，主家让兄长坐主坐，兄长推让，主家说："你这是新女婿，就坐这一回，再来想坐也捞不着了。"我也坐了重要位置。表大爷说，表侄你学着点儿，将来娶了媳妇，当新客时就不觉得生了。我有些紧张，似乎平生第一次受到如此重视和礼遇。"三起三坐"是最隆重的酒席，前两次起坐是吃点心、水果，简单菜肴，第三次才是主席，大块吃肉，大碗喝酒，一直喝到太阳将落。我和兄长都不喝酒，陪客的那一伙，都喝得东倒西歪，言语不清。表大爷也喝得不少，不时拍我肩膀，拉我手，说："表侄啊，咱成了亲戚，以后常走动啊。"

那次宴席后，我外出求学，几十年再没参加老家类似的活动。近几年信息畅通，交通便利，老家那边的事又开始通知我。忽一日，兄长来电，说："你表大爷老了。"按着风俗，我应赶回家参加丧礼，祭奠老人，可惜当时正在外地，竟没能回去。

随着我年龄渐长，大爷叔叔和表大爷表叔们正逐渐减少着；我则正被更多的人称为大爷叔叔表大爷和表叔，甚至称为爷爷和老爷爷了。

老 书 记

五十年代初，村里有位老书记，干了十二年，我刚满周岁时，老书记就退下了，关于他的事，都是后人传颂的。

那时，刚刚解放不久，百废待兴。村东羊流河岸，年久失修，雨季常常洪水泛滥，冲进村里。村西千亩丘陵地带，一小山虽名凤凰，却光秃秃任日晒雨淋，雨水汇集，泥沙俱下，越沟过坎，奔向东河。村子受到东西两面洪水夹击，一败涂地。现在，上点儿年纪的人仍然记得，那期间有场大雨，一连下了七七四十九天，河水连续暴涨，冲垮堤岸进村，西边丘陵地带雨水同时汇集而至，将我村淹成了大泽。我家靠近河岸，父亲说，大水冲进院子，冲进堂屋，几与炕齐，能漂的东西都漂到了水面上。水位最高的时候，老人站到磨台上，成人爬到房顶上，孩子出溜上了树，贵重物品，放到大瓮里。我四老爷，头顶一个粗蓝布做的书包，那书包，装着生产队的账本，四老爷担任会计，一队的账目都在书包里包着哩。他家大瓮，装着惟一的儿子，现在已经七十多岁的我大叔。大叔时年七八岁，娇贵无比。大瓮不知怎么漂到了街上，四老爷把着瓮沿，紧紧跟着，亦步亦趋，小心翼翼，突然一脚踩到虚空，原是一口水井，灌满了，表面看不出凶险，暗地里就把四老爷吞了。四老爷本能地放开把着瓮沿的手，让自己顺水沉下，又冒出头，大瓮已经漂出一丈多远，正东倒西歪地继续漂着，四老爷会点儿水，鸭子般扑腾着赶上，大叔才脱了险。洪水退后，村里一片狼籍，许多土房被泡塌，淹死鸡猪牛羊无数，倒是便宜了鹅和鸭，谁让人家天生会游泳呢。

　　洪水过后，有人看见老书记又到县城去了。老书记自担任书记后，进县城办事或开会，一律步行，一手提一个小马扎（我们那儿叫交叉子），不是为了随时坐歇，而是开会时坐；一肩挎一只蓝布书包，书包里包着地瓜干煎饼和自腌老咸菜，亦不为饿了随时吃，而是开会吃饭需自带干粮。我们村离县城五六十里地，老书记年轻力壮，别说几乎空着手，就是用小推车推着六七百斤货物，也能一鼓作气到达。那时人们，似乎格外强壮有力。当然，吃得格外多，粮食不够，得俭省着，老书记也一样，带的煎饼不多，来回走路消耗又大，不够吃，只得饿着，饿出了胃病。不知老书记跑了几趟，突然宣布一个消息，在县里支持下，整治河岸和荒山，筑堤栽树，彻底根除水患。于是，全村男女老少齐上阵，修筑堤坝，从外地拉来杨树、柳树枝子，沿河扦插了几万棵；买来了紫穗槐和洋槐树种子，育出苗，广泛种植；西北凤凰山上下，挖鱼鳞坑栽上松树……老书记和村民们，活一起干，汗一起流，经过大半年的努力，栽种的各样树，就连最难成活的松树，也全部成活。河岸变成了杨柳岸，荒山披上了翠绿装。

　　后来又有一次大水，我已经长到十几岁了，大水仍然漫灌进村子，漫到了我家的大门沿。父亲说，要不是老书记操心修堤，村子淹得肯定比上次要惨。当然，筑堤几年后，我村又在西岭修建水库，拦住了雨水，不过却是另一位老书记的故事了。

可敬的老人

"表叔，我是某某啊！"那天，我正在上班，突然打进一个电话，他绘出了我村1947年前后人员居住分布图，问怎么交给我。他是我村一位村民，已迁往城里居住。前几天，因为编写《村志》，我们一行专程访问了他，就他了解的有关情况进行座谈、核实，并没提出绘这种图。所以，我有些意外和惊喜，约定尽快找他。

编写《村志》，需要上溯村子源头，而我村并非名村，文字记载很少，村子历史大多靠一代代人口口相传，这就需要大量采访，而有些事情只有老人，特别是有些见识的老人才能了解，而他正是我们要找的一位合格者。他出生于1937年，其时，父亲正在苏州国医专科学校学习，那是苏州最早的中医学校，章太炎任名誉校长，日本全面侵华战争爆发，学校停办，其父辗转济南工作，他便随父到济南读书，新中国成立后，他回乡读初中、高中，先当教师，又当农民，改革开放前后，带领我村几位农民，走南闯北，以维修汽车水箱为主业，几十年一路走来，深一脚浅一脚，爬坡过坎越沟，成为我村第一批富起来的人。

令村民们印象深刻的是，上世纪六七十年代，村里在公众场合先后绘制八处毛主席巨幅画像，皆由他独自绘制完成，画面朴素生动，淡雅中隐含着崇高，令人心生敬意。县里派专人考察后，想把他调到县文化馆，可惜没去成，否则他现在可能是一位画家了。但他谦称，绘画是自学，只不过当时年轻，学得快。其时，他还自学水箱维修，不久，我们村成立副业组，他成了业务骨干，第一次坐汽车到淄博一家运输公司联系业务，人家还没听完自我介绍，就把他撵出来；第二次，他又去，请求免费维修，好话说尽，终于给他们两个，啥时要也没说，看得出人家对他并不信任，只是禁不住他软磨硬泡。将两个旧水箱宝贝似地带回家，带着几个人连夜维修，修好立即送回，人家说，放那吧！连眼皮子也没抬，他客气地告辞，说过几天我再来，我看您仓库里还有许多坏水箱，不用可惜啊。人家说："坏水箱多着哩，你才看见多少？"他心里有了底，过几天又去，对方竟笑脸相迎，夸赞了一番维修质量，把仓库里所有的旧水箱交给他维修。他们很快保质保量完成了任务，邻近几家运输公司闻讯找上门，他们一下子在淄博打开了局面，站稳了脚跟。随后，他又走南闯北，将业务拓展到全国许多地区和城市。

我急于看到旧村制图，很快相约见面。他拿出图纸，小心翼翼地展开，但见一个个互相连接的表示住址的小方框内，用工整娟秀的小楷标着一户户村民的名字，彼时全村所有住户，尽皆在列，包括河流、水井、小桥、庙龛、水湾等，一应俱全，皆用各种标准图标标出——很难想象，这是一位八十六岁的老人仅凭记忆所绘，老人思路敏捷，十分健谈，他自称患有两种癌症，早已将生死置之度外。我说："按庄乡你叫我表叔，可我得称你先生和老师啊。"

第五辑

故土流传

话说我们村西有一座水库，水库南沿有个石洞，里边黑洞洞的，大人们都叫它石牛洞，我们小孩子们也跟着叫。为何叫石牛洞呢？因为下雨的时候，一个大人能牵着两头牛字牛在里边避雨。不过，石牛洞不是天天露在外边，水库满了水的时候，它就淹在水里了。外人一看，明晃晃的一片水，根本没什么洞。只有我们知道，洞在深水里藏着，仔细看，洞口那里有一块阴影，有些尺把长的大鱼游进游出，大模大样的，是把石牛洞当自家一样了。这里也是虾的洞府，一拃多长的大明虾，要多少有多少。我们中有一位勇士，水性好，擅捉虾，一个猛子扎进洞里，出水时手里就满把是虾了。

以上只是石牛洞的一些小花絮，不值一提，更不能说明此处乃我村胜景也。

书归正传。我重点说一说石牛洞的神奇之处。

在我们村南不远处，有一条从羊流河蜿蜒爬进山岭的大沟，长约二里，沟深处可达丈余，长年流水不断，中段是一个深不见底的水潭。沟里有金子，偏叫做大狼沟。大人们说，石牛洞是和大狼沟通着的，在石牛洞里点把火，大狼沟那边就会冒烟，两边的水自然也是通着的，鱼鳖虾蟹来往自由。为什么我们水库里鱼儿不断？村里有位擅讲故事的七老爷说，因为大狼沟连着羊流河，羊流河连着大汶河，大汶河连着黄河，黄河通着大海，有些鱼儿是不安现状的，善于逆行和特立独行，这种鱼儿就可能从海里游进了我们的水库。七老爷说，别看我们这地方不大，我要是下大雨撒泡尿，准就淌进了大海里。

七老爷的事暂且不表，还是再说石牛洞的事。对大人的话，我们是毫无疑问的，可惜多年来都没能看到冒烟的盛况，大人们只说不做，实在不好玩，我们决定亲自动手。秋冬之交，天旱无雨，石牛洞露出了本来面目，野地里杂草也已经干透，我们捡了半天，堆了半个洞子，一根火柴点着，火焰腾起，浓烟滚滚，这正是我们希望的。

随即，我们欢呼雀跃地奔向大狼沟。翻过了三座岭，跨过了两道坡，跑了二三里地，方到大狼沟那个最深的水潭边（据说出口就在儿）。气喘吁吁地站在悬崖边上，俯首下望，期待哪儿有烟冒出。等了好大一会儿，只见一潭水静静的，并没有冒烟的地方。是不是大人说错了，出口在别的地方？我们沿沟探寻，四处瞭望，终究没发现哪儿有烟冒出来。

我们感到索然无味。

关于石牛洞的故事，似乎应该结束了。

及长，我外出求学、工作，三十多年后，忽然患了怀乡病，翻出多年前购买的一册《新泰县志》，细细研读，特别对于山川、人物、古迹、游记等，与所到之处一一对照，新旧差别，古今情怀，缠绵悱恻，回肠荡气，个中乐趣，难为外人道也。

有一天，突然有一个人破书而出，乃三百六十年前新泰县令杨继芳也。该仁兄自谦"杨子"，这天要到泰安公干，路经刚开通了四年的羊流驿，见西南方"水色旷然，树色苍然者"，行人曰"松岩洞也"，怦然心动，乃止车换马，携童仆奔来。杨子知我为当地"土人"，盛情邀我同行。"有朋自远方来，不亦乐乎？"吾欣然前往。"及汶，方半渡，马爱清流，回旋于水中"。这厮，说到点子上了，吾常在此洗澡也，最懂得这里的妙处。"过砂碛，有村落曰云河，茅屋数点在橡叶中。"云河，就是在下的故乡嘛，咋没听说过"松岩洞"云云呢？"自此出岭行，纡曲皆椎径，烟光逼我，若与云相遇。""踏碎石而过，与蒙茸争路。路穷而壁，壁有穴，斯洞口也。"呵呵，这"松岩洞"，竟是我们村的"石牛洞"啊。

然杨子兴味盎然，以文学家的笔法描绘此洞："嵌空成屋，势飘摇如欲及人之身。过此以上，观前后诸峰，岚气映人。"杨子还是一位诗人，有人催他，此时不可以无诗啊！杨子谦虚道："吾于实田也而登云山，濬泉也而游新甫，稽逃人则螯峰览其胜，清保甲则曝书无遗观，身到处辄有作。然作后辄悔，悔其作之未可传也。"他所说的"实田""濬泉""稽逃人""清保甲"，为其在县令任上所做利民大事；《新泰县志》载其"沉静勤洁，案无留牍""，"民皆德之"。"云山""新甫山"（现名莲花山）"螯山"皆为新泰名胜，都列入了当时"新泰八景"。众多诗人题诗吟颂，县令有感而发，亦风雅之事也。

县令深慕羊流大贤羊祜，就是那位命名了"新泰"的晋朝大将军。据说羊祜少年时曾游于汶水之滨，他也肯定会到过离羊流不远的松岩洞，这么美的地方，怎么会少了大将军的足迹呢？羊流因"羊氏之流风"而得名，县令杨子的"工作总结"，当会是向羊祜先生致敬吧！

县令发完感慨，令僮仆"折枯枝，汲流泉，煮茗啜之"，我也折了一把松枝添进炉子里，县令亲自倒了一杯茶给我。众饮毕，起而北上。"半里许，柏丛生焉。柏穷而松。松盘屈若虬龙，生石上。踞石西眺，见泰山巍然柱天，影连东海。此时风生万壑，云起诸峦，而身不知在何处矣。"

县令由衷叹曰："观止矣！"意思是说，风景看到这里就已足够，可以不必再看其它了。

在此，县令还总结了自己的"诗观"："盖作诗者，必先深其情，净其心，置其身于今人之上，若无意为诗，而后可以为诗也。"其实不只作诗，作文又何尝不是如此？县令此行，没作诗，欲罢不能，遂作文《游松岩洞记》，实为描绘山水之美文也，观新泰古今游记，似无出其右者。

至此，石牛洞的故事，转到了松岩洞名下。松岩洞的故事，似乎也到此为止了。

然而，县令后来在《新泰县志》上又道出一件壮烈之事。明崇贞十五年（1642 年），神州大地，内有李自成率领的农民军起义，外有东北满族凌厉进攻，明王朝风雨飘摇。彼时，盗匪蜂起，大匪攻城，小匪掠村。有不知何村李景夫妇者，避难至松岩洞，众匪追至，李景见匪势大，不能敌，弃妇而逃。匪掠妇问夫，妇人道，我夫前去未远，愿你们追上他，我们一同跟你们走。于是指了条路，却非夫逃之路。匪众没逮着丈夫，让妇人骑马同去，妇人拒绝，一头撞死在松岩洞下。妇人没传下姓氏，被后人名之为"松岩烈妇"。洞旁一大石壁，刻有诗云："忆昔干戈离乱时，妾家谁肯弃男儿？男儿弃妾全身去，欲面男儿死者谁？"，当为后人所题，以表彰这位"松岩烈妇"。这段故事是杨县令游松岩洞发现的，载入了他所主修的《新泰县志》，松岩洞凭添一股浩然之气。

我从志书出，来到水库边，顿觉世界一下子小了。水库南沿，已修成一条三米宽的公路，通向邻村。几年前修建的京福高速，也从我村土地上穿过。村里通了互联网，乡亲们足不出户，可以方便地了解世界了。

我的脚下即是县令的松岩洞，也是我们的石牛洞。几百年的变迁，两个洞已互不相认。县令所记各色胜景，早已躲进史书，难得面世。我步县令后尘，来到他所眺望的山岭，东望，隐约可见莲花山；西望，应是徂徕山，但难觅倩影；北望，一片空濛，再也不看不到"巍然柱天"的泰山了。

立集

　　某年有一天清晨回老家，老远看见我们村北小桥上人头攒动，大早晨的，都在忙活啥呢？疑惑着驱车驰近，却是一群人正在买卖交易。

　　我将车停在路边，好奇地东走西逛。突然听到有女人喊，大兄弟，不买点鱼吗？低头看，是本家一位大嫂正坐在小板凳上，面前摆着一排冻带鱼，冰正消融，鱼显得有些瘦小。大嫂脸红扑扑地，说："兄弟，买点吧，就当支持你嫂子啦！"该嫂为人热情，快人快语，颇得我好感。鱼本来不多，也就三四斤的样子，价格合适。我说："大嫂啊，兄弟我这次出回大血，你这鱼，我包圆了。"包圆的意思是全部买下。大嫂却说："兄弟，包圆不行，我还得留着卖呢。"又压低了声音说："兄弟，咱这儿正立集哩，俺几个娘们商量过，谁也不许早卖完就溜，都得卖到最后！"我说："你们搞啥名堂，啥叫立集？"大嫂说："兄弟，知道你念书多，你可不能念成睁眼瞎啊。我问你，咱庄以前有集吗？"我说："没有。"大嫂说："你看现在呢，不是有了？这集要不立，天上会掉下来？你看这集人还不多是吧？可比上集已经多不少了。我把俺娘家人都请来赶集了，中午还得搭顿饭哩。"

往常，我们赶集，总要到镇上。镇上大集，离我村三里，远近闻名。我们村妇女习惯掐辫子，尤其上了年纪的女人，几乎每人都掐，逢集，便卖出。她们计算辫子多少，都以"集"为单位，这集掐了多少，卖了多少钱。每个集日头一天，总有些人考虑老年人行动不便，服务到我们村头。老人们卖了辫子，把自己"掐"的钱攥在手里，便想买点东西犒劳一下自己。收辫子的人脑瓜灵光，空车子驮来了瓜果梨枣，毛巾和袜子，还有小孩玩具，等等。老人们挎着辫子，携着孙子孙女来了，孙辈看什么都想要，他们一张口，当奶奶的就恣悠悠地掏钱，当然也同时满足了自己心底那点儿"私欲"。如此，收辫子的卖辫子的，皆满载而来，满载而归，皆大欢喜。

慢慢地，有了集市雏形。

大嫂和几个常卖辫子的女人商量，咱得想点办法，把咱这个集立起来，咱村不就方便多啦？众皆响应，约定再卖辫子时，都把自家种的菜带些来，如果家里没菜地，就从镇上进点别的货，卖完辫子，摆在路边。那些收辫子的，买完辫子又买菜，成了她们的"双重"买主。本村和外村，都有人闻讯赶来买卖。由此，集市慢慢兴隆起来。

有位七十岁表兄，当过队长和锢炉子，见多识广。表兄有一外村表兄来我村赶集，两人碰到一块儿。表兄说："你不是挺能么？怎么还到俺庄来赶集？"外村表兄说："我是来考察一下，我们村也准备立集哩。"表兄说："那好啊，别的事帮不了，这个事咱是内行！赶明儿早晨，咱就到你村，把集立起来！"

第二天早上，表兄起了个大早，拿起他那套锢炉子行头。原来的锢炉子是锔盆锔碗锔大缸，现在谁还锔这个？表兄便改为修理马扎。表兄的表兄是鞋匠，他又特邀了一位外村戗剪子磨菜刀的手艺人，三人在村口支开摊子，坐等来人。他们核计，连支三天，必定人来人往，再引导着大家拿出自家种的菜蔬，随着交易不断活跃，集市会慢慢形成。

三天中，他们的摊子前人越来越少，最后只三人无言相对。表兄说，看来，这集立不起来，因为你们村没有会掐辫子的啊。

　　小麦在女人指尖上起舞，吾乡在亦在女人手指上起舞。

　　多年前段子还没流行时，流行过一个段子：有人到日本公干，受日本《草帽歌》影响，买回一项日本草帽，回来向人炫耀，有懂外语者看了哂笑，你这买的是中国货啊！有泰安人说这段子时，还要加上一句，还是大汶口的哩！新泰人说这段时，每每再加一句，就是浮邱白呗！浮邱是新泰一个村庄，曾以盛产浮邱白草帽辫闻名中外，最盛时，泰安、新泰一带草帽辫皆以浮邱白为名出口海外。

　　说这段子时，我正带着爱人在浮邱附近的一个村庄，给一位八十多岁的老大娘过生日。大娘从衣袋里掏出二百块钱，塞到爱人手里，是为见面钱。爱人不要，大娘生了气，对我严肃、厉声道："俺那侄哎，这钱不是你几个哥给的，是你大娘我掐辫子挣的钱！"大娘底气十足，再一次硬塞到爱人手里。爱人后来说，没想到大娘手上满是劲，推让几次，她手心里已是汗津津了。大娘像所有农村老人一样，出过大力，吃过大苦，挨过大饿，养育的三个儿子，都很有出息，收入不菲，且极孝顺，多次劝老人闲下来享享清福，但老人闲不住，有点闲空就掐辫子，积攒多了，等小贩上门收购。

大娘又说："要不是掐辫子挣点钱添补着，我可供不起你几个哥上学！"似乎辫子成了"恩人"，贫贱相交，富贵不忘。

于是就想起小时我老家掐辫子的事。空闲时，女人们聚在谁家大门外或院墙边，人人腋下挟着毛巾包裹的麦莛，双手运指如飞，变魔术似的，一条洁白、精致的辫子便逶迤而出。却并不耽误聊天、议事，跟人打招呼。即使到邻居家串门、办事，也忘不了掐着辫子，很有些"谈笑间，樯橹灰飞烟灭"的气度。姑娘媳妇们掐辫子，还有比赛的意味，特别是姑娘们，梳着油光水滑的大辫子、小辫子，聚在一起，看谁掐得快，掐得好，卖的钱多。一时麦莛飞舞，欢声笑语中争第一。头上辫子梳得好的，手上辫子也掐得不赖。

老太太们，大都是近邻。几辈子的邻居，有的小辈们还是邻居，有的结了亲，成为亲戚。经常聚在村头的，最年长的一位大娘九十六岁，最小的一位二婶六十八岁。中间还有一位大娘八十六岁。她们在娘家做姑娘时，七八岁就学会了掐辫子，掐着掐着就出嫁了，就当了娘，当了奶奶，当了老奶奶。

每次回到老家，除了寒冷的冬季，都会看到这几位大娘婶子。慢慢的，九十六岁的大娘已接近百岁，不知何时退出了村头聚会，听说腿脚不好，不便出来了。老人家离我家几十米，有次见她出来，过去搭讪。她已认不出我。我问："大娘，还掐辫子吗？"大娘问："你收辫子啊？我掐着哩，家里有，快来看看吧！"我提着父亲名字告知我是谁，大娘自嘲似的笑了，说："你看我这记性，脑子不行了，好忘事，老侄子你多担待啊！"

八十六岁的大娘也退出了。前些日子摔了腰，一下卧床不起，我去探望，大娘卧在床上，旁边挂着两个吊瓶，墙上挂着一绺辫子，几根长长的麦莛扎煞着，似等着主人来掐。不几天，大娘去世。大家平日掐辫子，都在老人小屋门前，老人走了，还会有人过来掐辫子么？我与二婶隔墙而居。这几次回老家，未进大门，先看到二婶坐在自家大门前掐，有时几位年轻的媳妇掐着辫子跟她说话。

史料载，吾乡掐辫子历史源于清朝乾隆年间，由胶东掖县人传授，同时设庄收购。一时，乡村妇孺，皆会掐辫。至民国十三四年最盛，新泰辫庄林立，仅羊流店就有辫庄二十九家。抗战时期，辫庄大都停业，日商在羊流开设济宅洋行，收购辫子，运回本国制作草帽。后来，有外人问："你们这个辫子工厂得多大？"我们答："六十里长，二十里宽。""多少工人？""好几万人。""多少台机器？""一人一台机器"。

上世纪八十年代初，日本电影《人证》风靡中国，其中一首《草帽歌》至今传唱，最后一段特别感人：

妈妈只有那草帽

是我珍爱的无价之宝

就像是你给我的生命

失去了找不到

我相信，主人公丢失的那顶妈妈送给他的草帽，定是用吾乡草帽辫做成的。

前几天，又到浮邱大娘家里为老人家做寿。老人已年近九十，鹤发童颜，身体硬朗，思路清晰。跟老人握手，只觉手指坚韧有力。村子已拆迁，老人住上了楼房，周边也跟城里环境毫无二致。我问："大娘，还掐辫子吗？"大娘说："怎么不掐？就是咱不跟人家掐的好了。咱卖两块多一点，人家卖二块五六。"大娘有些不服输地摊开两手，说："手里没点事干，不得劲儿。这样一指甲一指甲的捻悠着，手上有些小疙瘩就捻悠没了。"

一个女人从六七岁开始，到八九十岁能掐多少辫子，我没有仔细算过。我想，如果把所有女人们掐的辫子凑起来，一定能编成个巨大的草帽，将不断长大的吾乡罩住。

神秘的淹子

　　每次走过这个地方，我的心里就毛瘆瘆的，柔弱卷曲的头发都要直立起来。我还要使劲猛挠头皮，据说活人头上三尺火，自己看不到，但邪毛鬼祟看得到，它们害怕；还要不断咳嗽，啊啊大叫，拼命弄出些动静，同时一溜小跑，尽快逃离。

　　这是一处不大的水洼，在大汶河流域一个支流上，在我们村子和羊流店之间。浅处刚没脚，深处看不到底儿。白天，水蓝湛湛的；早上或傍晚，就变得黑魆魆，水面上漂着一层薄薄的白雾。不断有鸟儿飞过，它波澜不惊；有的掠过水面，引起一圈涟漪，很快复归于平静。

　　夏季大雨发大水，水退了，它在；冬天无雨，河变成小溪，它还在。不管多冷的天气，它不结冰，水面那层白雾，倒像热得汗气蒸腾。

　　大人们说，它从来没有干过。这话我信，我确实不记得它干过，我快十岁了，经历的事情已经不少啦。

　　这地方，我们叫它淹子。它靠河岸东侧，岸上一片密林，什么树都有，主要是杨树，高高地遮住了天空。地上杂草丛生，半人多高，再毒的太阳也照不进来，地上常年湿润。淹子下边，是一架小石桥，我们村的人要去羊流，走亲戚或赶集，都得通过这儿。东边不远处，是一大片连绵的坟地。北边不远处有个地儿，下大雨会冲出铜钱，有人刚挖出了几个瓶瓶罐罐，据说是几千前古人用过的。

只要水永远不干的地方，就有奇迹和神秘的物事。

我相信淹子深处住着一家神仙，有个泉眼通着东海。

父亲曾说，淹子里会出盘子碟子和筷子。谁家有红白公事，携上一刀纸，在淹子边上燃着，念叨念叨，那些东西就从水面上漂出来了。用完了，再携上一刀纸，燃着，念叨念叨，及时还上。有一次，一家人贪心，昧下了几个盘子，仙家生气，再也不往外借了。

淹子愈发显得黑森森的，我也不敢轻易经过那儿了。但经常梦见那个老鳖变成小老太太，在水底率领一大帮子孙出行。我还梦见，淹子里漂出一桌酒席，鸡鱼肉肘冒着腾腾热气，桌子停在水边细白的沙滩上，但没人敢动，酒席又悠悠漂到水底去了。

多年后的一个夏天，我又经过淹子，吓了一大跳，湛蓝的淹子里，大片鱼儿翻着肚皮漂在水面，阳光下泛着耀眼的、令人绝望的白光，一些粗壮的男人正用网子往麻袋里装鱼，他们只挑大鱼，很快装满了几个麻袋，往小车上一放，扬长而去。有人说，他们是公社药材站的，往水里撒了药，鱼就漂上来了。我是到林子里打草的，也脱了衣服下到水里，除了水面漂着的，水里游着的大鱼，也没了原来的灵活，手一伸就能捉住，很快捞了满满一筐，挎回家里。平生第一次捞回这么多鱼，母亲满腹狐疑，问明了是药死的，不敢吃，也不敢喂鸡喂鸭，让我提到村东自留地，一拉溜儿埋了。

后来听说，他们用的是麻药，药劲儿一过，鱼就会醒过来；那些看上去死了的鱼，其实是被麻翻了，没有毒，人吃了没事，鸡鸭吃了更没事。我颇后悔，我是像猫一样的，最爱吃鱼。但我不愿吃淹子里的鱼，总觉得会得罪谁。我问他们："那只老鳖，也被麻翻了吗？"他们说："老鳖早成精了，谁也动不了它一根毫毛！"

　　药材站的那帮家伙尝到了甜头，每年夏天都药上那么一次。我想，他们这样侵犯老鳖的家园，会不会受到报复呢？心里隐隐有种无法言说的期待，却是什么也没发生。也许，面对强敌，老鳖们无能为力，早已迁走了？再经过淹子，感到水面上弥漫了浓浓的无奈，淹子里边也有些空虚了。

　　又过了几十年，河里突然开进了一些鱼儿们从没见过的庞然大物：挖掘机和大卡车，一车一车的将沙子全部运走了，淹子也被挖到了河底，直到露出紫泥。河里没了沙，他们就挖两边岸上，甚至连祖坟和茂密的树林也挖掉了，整个河道似遭遇了史前劫难，河岸千疮百孔，河底野草疯长。为了争夺地盘和沙子，还起了几次武斗，有人受了伤，有人被抓走了。

　　现在，每次回家，我都要在原来的淹子四周盘桓几次，被挖掘得只剩泥土的河床，渐渐又有了沙子，一些深深的大坑积满了河水，周围长满了柔韧的蒲、飘逸的苇和一些不知名的水草。有一次，竟看到一只盘子大的老鳖，在水底一现，很快钻进水草里去了。

　　我相信，只要大地不灭，就会有淹子这样的地方，鱼鳖虾蟹们终会找到亘古以来属于自己的家园。人类也终将觉悟，终会尊重大自然，与所有的生灵和谐相处。

　　将来，神秘的淹子还会回来。

读者的淹子

某天下午，有人给我来电，朗声说道："这一阵读你的文章，知道咱们是老乡！我这里有很多素材，你要感兴趣的话，我可以跟你聊聊！我笔力不行，写不出来，给你也许有用……"我当然感兴趣，约了采访时间，驱车去了。

时在晚上。该读者是一位保安，正值着夜班。他在门口等着，老朋友似的将我迎进值班室，拿出一张载有《神秘的淹子》的晚报，得意地说："你写的我都读了，读完了就收藏起来，留着慢慢品。你这个淹子还不算神秘，真正神秘的淹子在我们村南边，就是你父亲说的那个。淹子里最多的是老鳖，没人的时候，老鳖出来晒盖，乌压压地挤满了淹子边。一有人的动静，鳖们便伸直脖子，像人一样立起身子，闪电般射进水里。千年的王八万年的龟，这些鳖不知呆了多少年了，成精是自然的，方圆十里八乡，没有敢惹的。我们村有人捉了一只鳖回家哄孩子，养在瓮里。第二天就来了一对老头老太，说鳖是他们的，要带走。那家人啥也没敢说，乖乖地让带走了。他们一进大门就让这家人看破了，哪里是老头老太，是一对鳖精变的，那鼓鼓的额头和灰褐色的衣裳，就是它们特有的标记，人家来要回自己的子孙，当然是情理之中了。读者说到这里，问怎么样？是不是比你们那个淹子神秘？我说，当然，当然。他话锋一转，又说，那我就再给你提供个素材。现在中央提出打老虎也打苍蝇，我给你说个苍蝇的事，你看能不能揭露揭露，让他显出原形，进去蹲两年！

他说，他原来那个单位，跟个淹子差不多，看起来风平浪静，水底下却是波澜起伏，啥样的鱼鳖虾蟹都有。有个人，起初是他的下属，表面上谦虚老实，实际上心眼一大包，像个"王八"。几年来竟爬上了领导位置，成了他的上级，只干了一年就发了大财，靠的是歪门斜道！怕人查，在城里买了别墅，躲起来了。有一次开会，他碰巧见了那人，喊他名字，那人头也没回就跑，他比那人跑得快，追上了。那人见是他，松了口气说，原来是你啊，我当是谁呢！他生气的说，你妈的，跑什么，怕鬼抓了去啊？他说，实际上他是真怕，做了亏心事，哪有不怕鬼敲门的？他原来胖胖大大的，现在瘦得一阵风能吹倒。可他故意表现得不在乎，要请我坐坐，找了家饭馆坐下，他去点菜，我等着，等来等去，没了影子，又逃了。他说，我手里有证据，他至少贪污了几百万！十几年前的几百万啊，相当于现在的几千万了，算不算个苍蝇呢？现在国家遇到了困难，应该把这种苍蝇抓住，把贪污的钱财抠出来！

又说，他父亲，早年当过村里的大队长，挨饿那几年，他们几个兄弟陪父亲给队里看仓库，冬天，父亲不让他们穿大袄，怕被人误解大袄里边藏着粮食。有家人过年吃不上饺子，父亲从自己家匀出面来送去，队里的东西，丁点不沾。他问我，你说说人怎么越来越贪了？

后来，他们村那淹子，也消失了，有人填平，建了化工厂。同时，河两岸不断有小工厂建起来，脏水白天黑夜哗哗往河里流，河水浊了，污染了，鱼虾都没了影子，村里出现了许多患怪病的人，井水不能喝，得买水，多少辈子没有的事啊！人们起先还羡慕办工厂的人，现在是诅咒，骂他们丧八辈子良心！那人，我说的"苍蝇"，他老子就是在淹子上办工厂的主儿，靠着有钱，结交上了有权的，把儿子弄到公家单位，结果是，儿子逃了，他自己那厂干了几年也垮了，留下个有毒的烂摊子，现在还烂在那儿呢！村里人都说，填那淹子时，夜里经常听到一片鳖哭，那对老头老太，在村里转悠了几天，见谁也不搭腔，恨恨的。一连下了几场大雨，把那厂冲了好几次。现在，那些干小工厂的，十有七八垮了，他们都知道两岸井水有毒，赚了钱到城里住了。剩下没本事没钱的老百姓，也想着法子到城里生活，像我吧，出来好几年了，家里的院子一直空着哩……

听他这么说，想起十几年前泰安作协组织作家探寻大汶河，见沿岸菜农从河里抽污水浇菜，我们问，这样的菜能吃吗？菜农答，我们自己不吃，卖到城里去！

环境的污染，清除终有时日，人心的污染呢？河中再无纯净而深邃的淹子，人心尚多美好善良的质地。以此抗拒和清除污染，终有河清海晏之时。

聊到近十点，读者愧疚地说，对不起耽误你时间了，你的时间比较宝贵啊，也不知道我说的有用没用。我说当然有用啦，哪天写出来让你看看，说不定那个贪污犯也能看到哩。他说，这人世，就是个大淹子啊，他藏得再深，也得露头，看到这张报纸，肯定心慌，做了坏事，一辈子都是个污点。哪一天逮住他了，我告诉你！

知道他还值着班，不便再待下去，便客气地告辞。他又送到门口，看着我融入滚滚车流中。

芒种与夏至之间

芒种那天阴云密布，我正好在乡下老家，城里有事，必须尽快赶回，但还有一件早已筹划好的事没做。早上不到六点，我便着手了。

清晨不到五点，在小鸟欢快的叫声里起床，扛着镢，拿着锨，到家东地边，连排着挖了二十个小坑，找邻居要了一小把玉米种子，我一向认为该种子应该是金黄色，那是玉米的原色。这一把种子，却像抹了少女的口红，闪着红艳艳的光亮。每个坑里，提前浇了水，放上两粒，种子躺在土里，格外鲜艳，像是盛妆的新娘，一小把种子，竟正好是四十粒，恰好埋在了二十个坑里，覆上一层细碎的薄土，我便匆匆返城。

父母都是农民，生于农村，在农村长到十六七岁。惭愧的是，我对农事近似于无知。父母养育了我们兄妹三人，我是惟一的男孩，许是重男轻女的缘故，我虽为兄长，却比两个小妹更受父母宠爱，吃得比她们好，干得比她们少，几近于"横草不拿，竖草不掂"，长此以往，我便也畏惧了农活。偏偏瘦弱无力，手不能推小车，肩不能挑水桶，肤不能受针尖般的麦芒，体不抵刀子般锋利的玉米叶。因此，对于未来的人生，心中一片迷茫，常有隐隐的恐惧袭上心头。幸运的是，1982年，通过高考这道"龙门"，我一下子跳出了农村。从那，便很少关心农事。骨子里，似乎也不拿自己当做农民了。父亲生前，种着四五亩地，有承包地，有自留地，有开荒地。开荒地就是没列入公家地亩，由个人开出的荒地，原则上谁开归谁耕种。几十年来，我的眼里，只见父亲种地的辛苦，对父亲如何操劳农事，基本不闻不问。

两年前的一天，与几位同时脱离农村的同学聚会，饭菜当然相当丰盛，酒至半酣，一位同学忽然说："真想回到老家，光着脊梁，赤着脚，刨上半天地，渴了灌一瓢刚提上来的井水，到饭时，吃上一顿刚出笼的新麦馒头，那该多幸福！"竟一语唤起醒了我的农民根性，很想耕田种地了。

说干就干。此时，我已年过半百，对于土地却是十足的外行，可以当导师的父亲也已融入泥土，好在乡亲们十分热心，整地、播种、施肥、间苗等各个程序，均有乡亲热情指导，我也像小学生，勤学好问，也许从小耳濡目染的缘故，很快入了道。

我在家居小院里，分不同农时，种了大蒜、土豆、白菜、茄子、西红柿、韭菜、丝瓜、南瓜、砍瓜、眉豆等几十种蔬菜；东边一块地，则种了黄豆、黑豆、山豆角、大葱等。豆子是芒种前种的，苗出得很多、很稠，一位大嫂说："稠豆稀麦坑死人，大兄弟你得很间苗，别舍不得"又说："你要晚几天种就好了，等到夏至那天种，保准比早种长得好！人说'夏至豆'，咱不服不行啊！"大嫂几句话，将我带回小时曾学习过而今早已忘却的《二十四节气歌》：春雨惊春清谷天，夏满芒夏暑相连 秋处露秋寒霜降，冬雪雪冬小大寒。各个节气如齿轮般咬合轮回，如花似玉的原野一天天铺展开来。

芒种种上玉米，我一直没有时间再回老家。心中却是无限的牵挂，没人浇水，几天内没下雨，种子会发芽吗？其它正在生长的作物长得怎么样？终于下了场小雨，旱了几天，又下了一场较大的雨，看来雨水足够了。我心稍安，梦中田里一片碧绿。

终于等到夏至这一天，无论如何要回去看看玉米了。一路驱车奔波，像即将见到新生的婴儿和一群孩子，竟有些激动和迫不急待。到了家，未进大门，先到地里，玉米已经齐刷刷长到一拃多高了，五六个深绿的叶片潇洒地向上舒展着，娇嫩，清新，从容，自信。

开了大门，院子显得格外拥挤，似乎小了不少。蔬菜们长大了许多，黄瓜花开正艳，蜂飞蝶舞，茂密的枝叶中一条半尺多长的黄瓜探出胖胖的身子；西红柿已经拳头大小，密密的挂在半人多高的粗壮枝干上。其它各种，皆叶肥枝壮，开花的开花，结果的结果，似乎都在争先恐后，憋着劲儿完成各自的使命。

而在我返城时的芒种，黄瓜尚在爬秧，西红柿只有蚕豆大小，各样蔬菜，也都显着稚嫩。芒种到夏至，只有短短的半个月，这些土地的子民们，已经进入成熟和收获期了。

我心欢喜，洒然而笑。濡热的天气里，一片清凉。

我仍是没空。夏至这天，又得返城。正是一年中白昼最长的一天。下午，火热的太阳下，我在院子里翻了一沟地，种上黑豆，犹记大嫂"夏至豆"之说，且看长势和收成如何？会超过那些早种一个节气、半个多月的同类吗？

又遇见大嫂。她说："你这么兴头，是种的地不多。要是像俺一样，种好几亩地，早累趴下了！现在种地没账算，可也得种，咱农民不能让地荒着。不管庄稼收不收，年年都得种啊！"

不久，我去了北戴河中国作家协会创作之家，几十位作家从全国各地赶来休假并交流创作。我谈起我的耕作，作家们本来都是性情中人，这下都来了兴致。有人说，回去有了"结果"，别忘了发给大家，看看到底结果如何。

创作之家离海边很近，步行十分钟即可到达。我每天到海里游泳，在波峰浪谷中，任凭波翻浪涌，那片老家土地上庄稼和树木，依然固执地出现在脑海里。我想，无论在哪儿，无论走多远，我的根都在那片土地上。如果我是一棵树，风折断了，火烧掉了，仍然能发出新芽；或者是一棵庄稼，不管风吹雨打，仍能不误农时，奉献出或多或少的粮食……

同时，我当然希望，我们每一个人，敬重农民，感恩土地，珍惜粮食：这其实是敬重我们自己，珍惜我们自己。

笑话杀手

多年之后我才知道，左邻的儿媳妇是因为右舍有个善讲笑话的右舍嫁过来的。

那年，左邻新娶了个儿媳妇，据说从来不会笑，娘家是殷实富户，长得也挺周正，为什么嫁给左邻呢？左邻的儿子有点傻，十里八乡的人都知道，他娘到处托人给他说媒，托本家，托亲戚，托邻居，托村人，人托人，脸托脸，别看每个村子都独立着，其实亲戚连着亲戚，就像大森林里纠结交错的树根，都连着呢。托着托着，几年过去，媳妇没说上，儿子的名气却大了起来。我那时还小，到二十里外的东峪走姥娘家，有个小媳妇，我叫她六妗子，每次都问我，你们村那个傻子，说上媳妇了吗？其八妹之大姑子姐家的五闺女嫁到我们村，我叫她七嫂。我每次都觉得丢人，不想回答她，更不敢告诉她，傻子和我家是邻居，只隔着一堵墙。我总怀疑七嫂早就透了底，所以说话底气不足，干脆见了六妗子躲着走。

右舍羊八，善讲故事，故事中又掺杂着不少笑话，家里天天人来人往，欢声笑语不断，尤其夏天，农闲时节的晚上，很多人留连到下半夜方散，羊八的故事实在精彩，我总最后一个离开，回到家，父母已睡着了，我悄悄躺在炕上，回味着羊八故事，常常忍不住偷笑几声，有一晚父亲狠狠推了我一把，斥道，大半夜的，你傻笑什么？！我在梦中正听羊八讲故事呢，能不笑吗？羊八有三个儿子，都娶了媳妇，按照规矩，早应该分家单过，他们却仍伙着，羊八这么会讲故事，都不舍得分出去呀！

一天晚上，我们正在羊八家听故事，刚有一个笑话讲完，大家正笑得前仰后合，左邻闯进来，大家猛地止住笑，像刹车刹猛了，精力集中到眼上，眼睁睁地看着左邻。左邻从没来听过故事，私底下，他对羊八颇为不屑，天天不务正业，胡说八道，一班听他故事的，不光沾染了这些毛病，还变得油嘴滑舌，叫人看着就不舒服。只见他手里拿着两个鸡蛋，郑重地放在桌子上，说："今儿咱也来听个笑话，笑他一笑！"羊八看着那两个鸡蛋说："你客气啥啊，来听就是给我面子了，咋还带东西？"左邻说："不光我一个人哩！"遂对门外喊："他嫂子，进来吧！"进来的竟是那个刚娶的新媳妇，这一对新人落坐，羊八问："刚讲到哪儿了？"大家说："正讲笑话呢。"羊八说："既然左邻带着新媳妇来了，我就再讲个笑话，让大家乐呵乐呵！"接着讲了一个，我感觉羊八拿出了看家本事，这笑话太好笑了，头几句我就想笑，但大家都没笑，我得忍住。又讲了几句，我终于忍不住，大笑起来，大家还是没笑，我把笑收回。羊八有些尴尬，左邻站起来说："羊八啊，我们先走一步，大伙儿再接着乐吧！"说罢，领着新媳妇走了。羊八吧嗒了几口闷烟说："今天有点累了，大家都走吧，明晚接着来。"第二晚，左邻带着新媳妇又来了，羊八讲了阵子故事，插进来一个笑话，大家还是没笑，羊八继续讲故事，似乎不打算讲笑话了。左邻提醒，羊八你该讲笑话了。羊八说，那就讲一个！笑话讲毕，我想笑，看着左邻和新媳妇没笑，大家也没笑，只得忍住。如此几天下来，羊八说，这一阵子又忙又累，故事先停停，大家各自在家歇着吧！

这么好的故事会说停就停了，大家不免议论纷纷，把责任推给了左邻，推给了他新娶的媳妇。一个消息传扬开来，左邻的新媳妇从小不会笑，体弱多病，打听到右舍有个会讲笑话的羊八，指望听听笑话学会笑，遂嫁给左邻儿子。听了几次，不光自己没笑，还把大家的笑都压住了，可见阴气有多么重啊。

三十里外有另一个会讲笑话的人，是羊八的师傅。一日，羊八率左邻和新媳妇携礼登门，求师傅讲个笑话，师傅二话没说，当即开讲。讲毕，谁也没笑，三人失望返程。回到家，新媳妇愣愣怔怔，不吃不喝小半天，突然大笑起来，左邻惊问何故？新媳妇答："师傅讲的那个笑话，太好笑了，我现在才明白过来。"左邻早忘了笑话内容，忙喜滋滋地问："说得啥来？"新媳妇说："俺也忘了，就是觉得好笑！"自此，常不自觉窃笑，病也慢慢好了。

左邻把这事说给羊八，羊八也不记得笑话内容了。一日，羊八偷偷拜会师傅，欲讨那个笑话内容，师傅说："我临时编的，也早忘啦！"

听说，傻子娶了媳妇，慢慢变好了。多年之后，我回老家，傻子来串门，说起现在农村许多年轻人好吃懒做，他说："大兄弟，这力气还有攒下的？越使越有哩！"

树上的俘虏

那个俘虏爬到树上，在最大的一个枝丫上坐下，开始居高临下的俯视我们，我们仰起头，对着他大喊，再往上，再往上……

再往上有个鸟窝，小筐那么大，窝里住着一家鸟儿，叫做长尾巴郎，大大小小的，也不知有多少，每天在树上飞来飞去，喳喳欢闹。这窝鸟儿不知住了多少年，我们多次想上树掏鸟蛋，煮了吃，或者把窝捣毁，收获一筐柴禾。可惜树上竟还住着一条蛇，一庹多长，酒盅那么粗，我们几次都遇上它那冰冷的眼神，显然不欢迎我们打扰。大人说，蛇吃鸟蛋，看来它是护着那窝鸟，好孵出蛋来留着自己吃。我们把俘虏赶到树上，是想让他"戴罪立功"，替我们掏几个鸟蛋或者拆了鸟窝，当然，我们可不会告诉他树上有蛇。

这个俘虏，是敌方的一个哨兵，每次战争，他都骑坐在河边最高的一棵歪脖子柳树上，手持弹弓，朝我们这边瞭望，这大大影响了我们的战况。有时射来一个冷弹，准会击中我们的人。大家多次商议，立誓要拔掉这颗"钉子"，给他点苦头尝尝。这次，敌我双方在河滩上激战正酣，我们派出小股部队，抄后路，出其不意地插进敌人后方，将他拿了来，敌方阵势大乱，我方趁机往前猛冲，敌人四散而逃，我们大获全胜。

我们推拥着俘虏来到树下，命令他爬上去。树是槐树，老得忘掉了年龄，枝繁叶茂，高高地堆在半空，遮天蔽日，从对面的村庄看过来，一大团黑云似的。这小子在他们的树梢上放哨，对它肯定不会陌生。只见他黑着脸，双手紧紧搂抓着树，出溜一下，没等我们回过神，就蹿了上去。果然好身手，要是天上有路，他早就跑没影了。他找到一枝大树桠坐定，仰起头，再也不看我们，似乎专心琢磨从哪根树枝上逃走。他一定是看到了那条蛇，任我们再三威胁、恫吓，再也不肯向上攀登。

我们索性不再理他，掐了草棒下七子棋。那小子似乎有千里眼，在树上不断指指点点，看来也是个行家，我们不理他，自娱自乐，意在熬他的鹰，让他难受。他终于沉不住气，说，我能把你们两人都赢了，你们信不？敢不敢打个赌，要是赢了一人不算，赢了两人就把他放了？这小子，不愧是个哨兵，心眼怪多的，我们可不上他的当，自顾自的继续玩。那小子大概眉头一皱，计上心来。一计不成又生一计，说，你们不是还要到俺庄看电影吗？到时我不逮你俩，逮住你们不骂，不打，也放了行吧？我们的确是经常到他庄看戏的，因为他们有戏班子，我们没有。他们打仗吃了亏，常常利用这个优势，逮住我们的人，任意凌辱。我们也有办法，一般到天黑透了才去，去了就钻进人堆，像一滴水消失在大河里，让他们无计可施。可狐狸再狡猾也逃不过好猎手，我们总有失手的时候，让他们逮个正着，便只好哑巴吃黄莲，有苦往肚里咽，恨恨地想，哪一天逮住你们，瞧怎么收拾你们！这次逮了这个家伙，让他上树掏鸟窝，就是我们蓄谋很久想出的一条妙计。

天将向晚，我们饿了，商量轮流值班。一个回家吃饭，一个看管俘虏。俘虏似乎也饿了，黑黑地呆在树影里，越来越像一只大鸟了。我在树下，很想跟他胡乱说几句话，他却似乎生了气，一直沉默着。天慢慢地黑了，我倚在树身上睡了一觉，梦见俘虏飞走了。醒来，往树上细看，果然没有了俘虏。

这个故事是大爷告诉我的。大爷远在沈阳，已经八十五岁了。他说，我们小时候，跟对面的村，常年打仗。那次抓的俘虏，后来成了你们的姑父。每次来咱家走亲戚，都说起那个事，都要罚我们多喝酒。

我小时候，两个村还是打，那简直可以说是"战役"，最壮观的时候，参战人数两三百人，双方以河中水流为界，列队成阵，互掷石子，弹如雨下，不时有人被击中头部或身体。一般说来，双方进行的是"阵地拉锯战"，占优势的一方慢慢向前推进，逼对方退却、逃跑，占领对方"阵地"者为胜。

现在，河沙已全被挖走，河滩已不复存在。孩子们都忙着看电视，玩手机，不知何时，两个村庄的战争划上了句号。

水流鱼在

村东那条河，长流不断，其源在山，在岭，在天。

水中鱼鳖虾蟹皆有，沿岸也便出了打鱼的人。一年四季，他们腰系鱼篓，手拿鱼网，沿河而行，不时将网撒开，拉出，抖落在地，活蹦乱跳的鱼虾便进了篓子。

深山出俊鸟，河边出打鱼巧匠。

我有位爷爷辈的先人，就是这样的能人。

我记事时，这位爷爷已经很老了，约略记得他，瘦弱忧郁，冬天戴一顶黑色瓜皮小帽，长年持一根一尺多长的烟袋，深深吸一口烟，缓缓吐出，烟气缭绕在他头顶和胸前，越发显得他瘦弱忧郁。不记得跟老人家说过什么话，也不知老人家何时去世。

几十年后，有人说，我们村曾有位擅长打鱼的人，下到河里，不论深浅，也不论水流缓急，只要他一网撒下去，从没空过，不长时间鱼篓就满了；还有人传说，他拿着网子站在河水中不动，鱼自动聚到他周围，等着他拿网去捉。细问此人谁？怎么也没想到，竟是那位蔫头蔫脑的爷爷！

正如善钓者大多不吃鱼，这位爷爷也如此。有次家中来客，上完各色菜肴，待要举杯进酒，客人说："听说您老人家很会逮鱼，咋不见半条鲜鱼？"爷爷闻听，当即将酒盅在桌上一墩，说："想吃鲜鱼那还不简单，您先抽袋烟，我去去就回！"说罢，拿了鱼网鱼篓，也就两袋烟功夫，满篓鱼虾就摆在客人面前了。回访客人，当然得带着礼物，拿啥呢？想来想去，愁坏了一大家子人。爷爷说："还是从河里找吧"便带了鱼网鱼篓，领着小孙子，一路涉河而去，河中稍作停顿，撒了几网，又是鱼虾满篓，带到客家，皆大欢喜。

该爷爷还有一大能耐，擅长打围，那时野地里野兔很多，爷爷出手，从不空手，多是满载而归。据说，有次他没带围枪，一只兔子竟不由自主地停下，爷爷用大襟袄将其兜了回家。

爷爷膝下一子，体弱多病，爷爷不时炸鱼虾，炖兔肉，变着花样给儿子增加营养，却长期不见效果。我村有位私塾先生，找到爷爷的父亲说，别让你儿子又打鱼，又打围了，您这一支子人单传三代了，不能再杀生啦！

也许是巧合吧，人们传说，有天夜里，爷爷起夜，但见墙头上列队站着许多野兔，毛雪白，眼通红，爷爷拿枪装好药，他已不想伤害它们，只想吓唬一下，便冲天抠动板机，枪竟没响；又抠，还是不响。爷爷从没遇过这种情况，大惊，跪地磕头三个，野兔倏地散去。第二天去河中淹子打鱼，一网卜去，打上来一只老鳖，没一条鱼；爷爷放了老鳖，又打一网，还是只上来一只老鳖，细端详，竟是刚才那只，爷爷又放了；再撒一网，竟还是只有他放了的那只老鳖。爷爷眼前，突然闪现夜间野兔站满墙头，郁闷地收了网，第一次空着鱼篓回了家。

爷爷从此不再打鱼，也不再打围。

儿子身体渐好，爷爷却萎顿下去。我记事的时候，从没听说过爷爷打鱼和打围的事儿。倒是我们一代新人，常去河中捉鱼，用手摸，用网抄，用地笼，甚至有人用药，用电……

河里的鱼，似乎没减少，也没增多。

水没日没夜地流。

讲故事的人

七老爷是我们村最善讲故事的人，他去世已经几十年，听他故事的人，不少也已经去世，仍健在的，也已上了年纪，比如说我，已接近六旬。

七老爷号称故事篓子，一生不知道讲过多少故事。现在，他讲的故事，已经没人记得多少了，倒是他这个人，还时常被人提起，尤其我们这一代，聊起往事，七老爷是个绕不过的话题，他带给我们的欢乐和享受，似乎没有什么能够替代。

秋假期间，正是刨地瓜的大忙季节，我们跟着生产队大人们到地里打下手，有的割地瓜秧，有的把刨出的地瓜归拢成一小堆一小堆，以便下午散工后分配到各家各户。那时干活论"派"，计工分也按"派"，一派大概一个半小时左右，干一"派"，就要休息一会儿。这期间，大都散坐在田间地头，大人们抽烟的抽烟，喝水的喝水，我们一班小伙伴便聚拢到七老爷周围，请求七老爷拉呱，拉呱就是讲故事。七老爷稳坐在地垅上，草帽翻过来搁在旁边，向我们瞄一眼，问："有碍眼的没？"所谓碍眼，指的是小女孩。七老爷拉呱，时有针对男女关系的"胡说"之言，女孩不宜。我们把眼光投向女孩们，她们便红着脸跑开。我们期待七老爷立即开拉，七老爷兀自坐着不动，有人便催，七老爷说："奶奶个头的，不懂规矩啊？"马上有人挨近，拿过七老爷的火柴，划着火，凑近七老爷的长烟袋，烟袋锅里早装好了烟，七老爷对着火苗深深吸一口，再吸一口，烟袋锅一明一灭的闪着，一次性点烟成功后，七老爷美美地吸上一口，朝天吐出来。七老爷的烟，不是那么好点的，一次能点着烟，就算比较幸运了，也说明七老爷比较高兴；有时，一个人点不着，得换两个，甚至是三个人。七老爷情绪不好的时候，就拿我们这班小伙伴撒气，我们越是想着听故事，他老人家越是拖拖拉拉，迟迟不开讲。我们只她忍气吞声，谁让我们爱听故事，七老爷又会讲故事呢？只见七老爷将烟向天吐出来，竟是一个烟圈套着一个烟圈，徐徐上升，混在一起散去。这个是七老爷的绝活，从不轻易展示，看来今天确实高兴。我们入迷地看着，几乎将听故事的初心忘记了。有人说："七老爷，还不快拉呱啊？"七老爷猛地醒过来似地说，可不，得开讲啦！说罢收了烟袋，拿起一个空茶缸说，老爷我口渴得冒烟了，冒了这么长时间烟，说话连舌头都拉不开，怎么拉呱呢？哪个龟孙子先给我倒碗水来！有人拿了缸子，屁颠屁颠地去生产队的凉水罐子灌了大半缸子水，七老爷仰脖咕咚喝了一大口，咂吧咂吧嘴唇说："今天这水，怎么喝着有点儿屁味，是不是挑水的那个刘大腚挑着水放屁熏的？"七老爷叫做刘大腚的，我们叫做五奶奶。七老爷声音很大，似乎故意让五奶奶听见。五奶奶大声说："你个老七，天天就知道胡说，把俺孙子教坏了，看我不找你算账！"说罢，疾步走来，作势欲搏。五奶奶身高力大，七老爷立起身，嗖地跑掉了。只听队长喊，别胡闹，该干活啦！

那天的"呱"没拉成，我们仍然挺快乐。

农村实行土地承包制后，七老爷年龄已经很大了，且患有眼疾，失去劳动能力。我已上高中，住校，不再听他拉呱。有一次放学回家，见七老爷坐在自家大门旁，几个顽童围在他周围，说，七老爷，拉一个，拉一个！七老爷问："有碍眼的吗？"也不等回答，就说："我还是拉段《水浒传》吧，杨志卖刀这一段最好……。"刚开始拉，孩子们就一个个悄悄走散，七老爷似乎没发觉，一直拉着。我听了一会儿，也走了，没忍心提醒他。

喝酒的少年

他退学的时候十六岁，是班里成绩最好的学生。

那时，生产队实行工分制，按工分分配粮食，他是家中老大，下边挨尖儿排着四个兄弟姊妹，都年幼无力，不能参加劳动，只靠父母那点工分，得年年往队里贴钱买，才能分到足够的口粮，家里拿不出钱，分到的粮食不够吃。父母无奈，只得让他退学，到生产队参加劳动，他那个年龄，只能属于"半劳力"，拿成人一半的工分。

他个子不高，精瘦结实，颇有力气，干活时从不偷奸耍滑，也无花言巧语，虽然比成人工分少一半，但活干得一点也不比成人少，甚至比那些奸滑的成人干得多，很快博得大家喜欢，并得到队长信任。到了秋天，刨地瓜，当天切不完，拢到地里，需专人看守，队长留下自己和会计，又选了他。到了晚饭时节，队长说，咱这样守着地和地瓜，大眼瞪小眼，小眼瞪地瓜，无味得很啊！队长好酒，会计也好酒，两个人都憋着劲儿，等对方先提。会计塌着眼皮，不搭话，心中暗喜。"要不，咱弄点小酒喝喝？"会计说："咱听队长的，弄点就弄点！"他想，要弄酒，肯定得队长掏钱，让他弄，他等着。队长说："没钱怎么办？"会计说："你是队长，有的是办法，你想想。"队长说："你又不比我少喝，这办法，你想一半，我想一半。"他看见两个人的眼睛瞄向地瓜堆，他想，该不是拿队里的地瓜换吧？那不是监守自盗吗？队长说："你想什么我知道，明说吧，你是想拿队里的地瓜换！"会计说："你还有别的办法？"队长说："你想犯法？明跟你说吧，不行！"会计说："咱把地瓜记到个人账上，分的时候扣下，行了吧？"队长说："还是你小子有办法，就这么办！"大人决定了，他拿过两个大篓，装满地瓜。队长说："你俩推着换去，别在咱庄，叫人看见乱寻思。我寻摸点儿酒肴，省得干喝辣嗓子。"他和会计推着两篓地瓜到邻村代销店，换回四瓶白酒，酒是地瓜干酿的，六十度。

回到野地，队长已找到一块平滑的石板，放着一大把炒花生，几块老咸菜，看来早有准备。旁边地上刨了个小坑，火苗跳跃，几块地瓜卧在灰中，红通通的表皮已烧得稀黑。他们一路上岭下坡，走得急，额上都渗出了汗珠，放下车，夜风微凉，很快把汗珠子吹没了，他穿得单薄，有点冷，靠近火炕。队长说，差不多熟了，赶紧盖上土焖一会儿。他用手捧了几捧细土，薄薄地摊开，盖住炕口，依然有烟从缝隙中缕缕冒出，一股熟地瓜的香味直钻鼻孔，他有点饿了，喉结咕噜滚动。队长说，大兄弟你先甭挂着地瓜，怎么着也得喝完酒才能吃哩。

于是席地而坐，各人拿出带着的搪瓷缸子，一人分了一瓶。他没喝过酒，想说不喝，终于没好意思出口。队长让都倒满；会计说："老侄子你先倒上，放心，你喝不了我替你！"队长说："你这个老滑头，别看不起人，我看大兄弟准能喝完。"说罢，开始喝。他抿了一小口，嘴里像着了火。咽下去，像火溜子一路蹿下肠胃。他啃一口老咸菜，捏了粒花生米填进嘴里，细嚼慢咽，终于把那火压住了，眼里却涌出了泪。那两个人，这个吱一声，那个吱一声，连着喝了好几口，咂吧着嘴，幸灾乐祸地看着他，好像把他也当做酒肴了。他忍着强烈地不适，像他们一样，一小一小口地喝，试图发出那个"吱"声，发不出。喝到半场，他们缸子里的酒快没了，他还剩下一大半。队长说："咱一口闷了吧？"会计说："闷就闷！"两人一仰脖，咕咚一口，把缸子翻了过来，果然是一滴不剩。他学着他们，也是一滴不剩。队长说："大兄弟，你还真行哩，酒量挺大啊！"会计说："咱把剩下的都倒上，分两口干了？队长说，别婆婆妈妈的，干脆一口！"

喝完，胃里像着了大火，烧得难受，想吐，吐不出。扒开火坑，地瓜已焖软了，他独自拿起一块，揭掉皮，几口吐进肚里，那两个人，拿酒当饭，两人分了一块，余下的几块，都进了他嘴里，仍没压住那火，他觉得自己也快烧起来了，浑身正嗞嗞冒烟，他要灭了这火，跑吧，跑吧，他扒掉鞋子，赤着脚，沿着丘陵小道跑起来，跑累了就走，歇过来再跑，一直跑到天将透明，上工的人来了，他才穿上鞋子，回家便倒头大睡，傍晚才睡醒，浑身的火终于灭了，他感到新生般的喜悦。

第三天，他再上工的时候，队长说，已和会计商量过，也和其他人商量过了，从今天起，就按成人给他计工分！

那时，我们村有一位会"说书"的能人，姓张。按照我们村张、谭两家的"老表亲"关系，我称之为表哥，在这儿就叫张表哥吧。

这个人，在上世纪七十年代，曾是最受我等小伙伴欢迎和佩服的人。那时村里书极少，我们又都是小毛孩子，认不了几个字，不会用眼睛"读"，要了解村外的世界，只有通过耳朵"听"。

盛夏酷暑，傍黑天，我们便早早来到村北桥头上，兴奋地等待着张表哥出场，有时等得久了，便有人耐不住性子，一趟趟地，跑去家里叫。他终于是来了，梳着大背头，穿着蓝色对襟褂，一手提着小板凳，一手握着大蒲扇。款款坐定，也不多话，蒲扇一摆，朗声道："上回书说到……，这回咱接着说……"

不知他从何年说起，也不知说了哪些书。

我听的是《童林传》，当时仅知书名，后来了解，该书原名《雍正剑侠图》，是一部长篇短打侠义评书，为民国评书名家常杰淼所作，主要讲述康熙年间北京霸州童家庄男子童林因误伤父亲，被父亲逐出家门，浪迹四方，拜师学艺，得八卦柳叶棉丝磨身掌与八法神钺等绝世武功，以此扶困济危，伸张正义，后协助朝廷除暴平叛，终使天下太平。该书曾于二十世纪初由常杰淼亲自在北京、天津等地表演，受到热烈欢迎。同时在《新天津报》连载，报纸销量陡增万余份。二十世纪三十年代成书出版，在全国广泛传播，各地评书艺人纷纷学说。可以想象，这样一部书，当然是情节曲折，引人入胜了。

那时，小桥南边是村子，北边一条狭窄土路，约三里，通往新泰至泰安公路；路西是一片连绵不绝的坟地，坟包个个似小山，野草漫漫；路东则是望不到尽头的玉米地，桥下淙淙流水，伴着蛙鼓虫鸣。晴朗的夜晚，天幕低垂，数不清的星星明明灭灭，像一盏盏小灯笼，偶尔有慧星拖着巨大的尾巴一扫而过，我们叫它"扫帚星"或"落星"，也有人说，天上落一颗星，地下就会死一个人；月明星稀之时，看得见东北莲花山那巨大的剪影，清风似从山上吹来，凉爽宜人。这样的环境，与书中背景多少有些契合，有时简直就是上天专为《童林传》布置的，类似于现在的三维立体影院，情趣盎然。张表哥说得投入，有时就如自己是童林一般；我们听得入迷，也把自己当成了童林，都入了"书"，就把时间忘记了。不时有家长来催回家，听进去，也不走了；也有时张表嫂来催他，看大家如此陶醉，不忍打搅，静静地等他说完一回，强拉他回去，张表哥只好意犹未尽地收了蒲扇，抬高嗓门，大声道："欲知后事如何，且听下回分解啊！"此时，往往是书的"回头"，也即最精彩的时候，突然停住，正如一碗大肉正吃得酣畅，尚待淋漓时被突然端走了，着实让人心痒难熬，欲罢不能。但正是"书中方一日，世上已三年"，夜已很深，早到了睡觉的时候。我那时想，人为何要睡觉呢，要不睡觉多好？父亲已来叫过两次，我任性，宁死不回，每次都听到最后。散了伙，大家各奔东西，先还有伴儿，走着走着就成了孤身一人。我家住在村东边，要穿过好几条街，夜很黑，很静，一个人囊囊的往前走，时有狗吠猫叫，谁家墙外柴火垛里突地蹿出一只黄鼠狼，又飞快地钻进某一个墙洞里去了，这一切格外惊心，好在脑子装着英勇的童林，并不十分害怕。梦游似的推开虚掩的大门，蹑手蹑脚走进住屋，炕上的父亲似乎并没睡着，"嚓"地划着火柴，点上煤油灯，我扒开蚊帐，胡乱脱了衣服，一骨碌躺在炕上，却难以入睡，满脑子仍是《童林传》，恨不得我们村庄就是那童家庄，我就是那个童林，也学得盖世武功，小伙伴都对我五体投地，顶礼膜拜。回味被突然中断的精采，盼望着明天晚上赶紧来临。我烙饼般地翻来复去，父亲以为我热得睡不着，一边打着鼾，一边轻轻为我摇着蒲扇……

多少年来，每当回家经过小桥，我都会想起那些美妙的夏夜。短短几十年的光阴，一切都发生了巨大的变化。最先是坟包被平掉，种上了庄稼，后来又建起了住房、楼房和厂房，窄窄的土路变成了铺着柏油的标准乡村公路，桥也由青石条板换成了水泥浇铸，桥下流水久已消失。桥上往来穿梭着各式各样的车辆，其中不乏奔驰、宝马等豪车。村里出了几位大老板，腰缠万贯；一般青壮年则常年在外打工，拼死拼活的赚钱，盖房子，娶儿媳，甚至赌博。随着物质生活的不断提高，垃圾越来越多。在我们听书的地方，安放了几个垃圾箱，个个爆满，有些就倒在外边了，不能及时清理，夏天蚊蝇乱飞，臭味熏天。孩子们早已不再热衷于听书，先是天天坐在电视机前，现在则是面对电脑或手机，沉浸在虚拟的游戏中，物质文明的发达，似乎并没有给乡村孩子们带来相当的益处，更多的是一些精神垃圾。它们与物质的垃圾一起，堵塞了孩子们通往快乐和智慧的道路。

最近几年，每逢回老家过年，我都要特别拜访张表哥一家。今年回去，先与一位在当地当校长的同学聚会，酒酣耳热时，说起当年桥头听书的日子。当时，我们两个是最痴迷的。第二天，我便又去拜访张表哥一家。他们像以往几十年一样，院子收拾得整洁利索，室内一尘不染，地面铺着地板砖，光可鉴人。他们的儿子是个书法家，自学成材，在北京开了一家书画装裱店，主卖自己书法，兼营装裱。房中四壁挂着儿子各式各样的书法作品。儿子取名"国栋"，无疑是"国家栋梁"的美好期许，这个名字是《童林传》的启发？儿子在外打工十几年，困难时吃过草根，睡过露天，却时时不忘苦练书法，没有条件就在地上用草棍写，终于小有成就，能在京城书法圈里混得开了，也敢在名人遍布的京城卖字为生，真如童林经过万千磨练，成就武林绝学一样了。

这次，问起张表哥怎么记得那么多书？他笑答："表弟啊，要是没有'文革'，我也是个大学生了；读过的书，我是过目不忘，读过三遍，就全记在心里了。"那年他升上高中，"文革"开始，两派忙着文斗、武斗，他则抽空钻到图书馆，饱览群书，《童林传》就是那时读的。不久，他们被中断学业，回乡参加劳动。表嫂笑吟吟地插话，您说他表叔，现在回头想想，您表哥那时不就是个笑话么？一旁的儿子答，怎么是个笑话呢？俺表叔说不定那时就受了启发哩。

我相信，国栋也是受了滋润和启发的。他的儿子跟着表哥表嫂，也当受益至大，多少年后会逐渐显现出来。

一部好书，无论是看来的，还是听来的，能有多少实际的用处？我常作如此思考，不觉心游万仞，思接千载……

铁匠揭榜

李铁匠在镇上大集出摊，一天下来，锄镰镢锨没卖多少，看看人将散尽，便收了摊子。远观一伙人还围在一张大红告示前，指手划脚舒眉展眼地议论什么。近瞧乃是镇水泥厂张榜要账，言明本厂现有巨额债权，百万以上，诚招社会各界贤能人士参与催讨，厂方愿付账款百分之四十酬金。有意者请持此公告，到厂面谈。李铁匠二话没说，揭下告示叠了叠装进口袋，扬长而去，全不管大家一片惊愕。

这就是揭榜了啊！李铁匠是个书迷，摊位挨着说书场子，不知听了多少部书，卖多卖少他不在乎，能听一回精彩的书话就行。长了也就变得上知天文，下知地理，中间精通世故人情。书中暗表，"揭榜"一般是皇帝女儿病重，宫中太医无奈，只得张榜遍求民间高手，那敢揭榜的，手到病除，往往名利双收，说不定被公主爱上，做了驸马。李铁匠心旌摇曳，囊中榜书金光闪闪，一路照耀他驱车归家。

次日一早，李铁匠穿戴整齐，来至水泥厂，略述揭榜之意。厂家大喜，说厂领导刚研究了，把那酬金再提高一成。但是，一应催讨费用，厂方概不负担。李铁匠心中小算盘噼里啪啦一打，觉得甚是合适，洋洋而去。

那些年蹊跷事特别多。王老板上下班，突然发现，在公司豪华大门不远处，坐一位冠带锦袍之人，数茎灰白胡须飘然，面前摆一摞古书，嘴巴紧闭，皱着眉头，不时翻一下书，对着大门摇头晃脑。王老板想起，这人已坐了三四天，不知有何贵干。便下了宝马，近前盘问。那人欲言又止，说："没事，没事。就是看看，看看。"说着便收了摊子，匆匆离去。第二天，王老板又看见那人，仍是那个样子。王老板疑惑，再次近前，方看清那些古书写着《易经》《堪舆大全》之类名字，知此人乃是一位风水大师。王老板虚心地问："先生看我这大门，有什么问题吗？"大师神秘莫测："说了恐老板怪罪啊！"王老板欲走，大师又道："不说呢，良心难安！"王老板转回：但说无妨！大师于是说出一串风水术语来，王老板只听懂了一句，公司大门不合适，应改变朝向，否则难免破财伤命等意外之灾。大师说完，收拾摊子要走，王老板涎着笑脸，强行挽留，邀入院中设宴款待，备说详细，并送礼物若干。

很快，王老板公司大门改变了朝向。完工之日，大师赶来祝贺。王老板陪着。大师在门前徘徊复徘徊，端详又端详，最后只向东南方向凝眉远观。良久，惊诧道，我观门前尚有一股煞气，敢问那边结过怨否？王老板沉思一阵，说："倒没结过啥怨，就是欠着那边一笔货款。"大师恍然道："我说呢！此煞气不破，大门可是白改了。"王老板点头如鸡啄米般，连说："马上还，马上还……"

大师赶回旅馆，撕去粘在唇上的胡子，换上周正衣服，乃山东李铁匠也。忙结了账，赶往机场。李铁匠第一次坐飞机，但见翼下白云翻滚，地上偌大水库宛似小酒一杯，似乎不够一口之量。径到厂里，兑了一提包现金，喜滋滋得胜还家。

我们村现在仍流行着一个歇后语：李铁匠要账，跑着出去，飞着回来。多半是指做事马到成功，大吉大利。

客气

　　我七八岁时，母亲带我到村中诊所看病，大夫将一管药推到我屁股上，疼得我呲牙咧嘴欲哭无泪之时，一位穿着蓝布上衣的中年男人推门而入，脸上一派庄严，正跟大夫说话的我母亲回过头。那人说："表奶奶您好，来这儿看病啦？家去喝碗茶再走吧？"又对我说："小表叔哎，可别哭啊，打完针到我家吃糖去！"母亲说："大发你还真孝顺，准能越过越发！"我忍着痛，细细打量大发，他脚穿一双黑皮靴，裤腿扎入靴中，靴口露着几茎麦秸，显然里面塞了足够多。那时正值冬天最冷的时候，我穿着厚厚的棉袜子，脚仍冻得生了疮，天天奇痒难忍，不得不从麦地里薅麦苗煮了烫，然而效果有限，冷了痒，热了更痒。他穿这种这种靴子，脚难道不会冻吗？打完针，我盼着到他家吃糖，然而他再未提及，我失望地回家，问母亲："为什么不到他家喝茶吃糖？"母亲说："你说大发啊？人家那是客气，你怎么能当真？他家从东北搬回来不久，家里穷得叮当响，你没见他冬天穿皮靴，靴子里塞着麦秸？那是他没有

190

棉鞋，也没有袜子。别看日子过成这样，可人家礼数周全，见谁都打招呼，该叫啥叫啥，你可得学着点儿啊。"

我说过，我们村有给人起绰号的习惯，因为大发见谁都客气，便为自己赚来了"客气"这个绰号。村人们随便惯了，一向直来直去，平辈的见了面"嗯"一声，点点头，算是招呼过了；高辈分的见了低辈分的，为表示亲热，往往要骂上一句难听的。大发这么客气，大家都有些不适应。

我们和大发一个生产队，有次生产队干完活聚餐，队长让炖了大锅白菜豆腐，一碗碗端上桌，每人一碗，白面馒头管够。我早就饿了，狼吞虎咽吃起来。大人们照例先喝点儿酒，倒在各人喝茶的杯子里。轮到客气了，客气用手捂住杯口说："谢谢谢谢！我胃有点儿不舒服，不喝了吧？"倒酒的那人，剜了他一眼，就把他放过了。客气便和我们小孩子和几位女人一样，就着菜吃馒头。他似乎不饿，一小口一小口吃着，碗里的菜不少，他却不大动筷，嘴里嚼着馒头，似乎难以下咽，不住地巴嗒着嘴唇，喉结上下滚动。大人们相互碰杯，开怀畅饮，而他目光游移，心不在焉，似乎牵挂着什么，不住地捻动着手里的筷子。突然，他小声说："要不，我也喝点儿？"大人们都没听见，只有我听见了。他涨红了脸，站起身，提高了声音说："队长，给我倒点儿酒！"队长斜着眼说："你不是胃疼不能喝吗？"他说："刚吃了块馒头垫了垫，不疼了。"队长说："那我亲自给你倒一点儿！"客气端起杯子，队长拿过酒瓶，倒了几滴。问："行了吗？"他说："再倒点儿。"队长问："倒多了你不怕胃疼犯了？"他说："豁上了，疼就疼吧！"队长说："那我可不客气了？"他说："甭客气，再添一点儿就行，可别添多了。"队长将酒瓶口猛地倾倒在杯底，抵住杯壁，一点点往上挪动着。他不停地喊着：

"行了行了！"队长不听，把定了酒瓶，直到酒漫到杯沿方停。队长说："老客气，你别客气了，你一气喝下去，要不我就泼了，叫地替你喝了！"他说："老侄子，你这不是难为你叔嘛。"队长比他年龄大十几岁，按辈分，叫他叔。队长黑了脸，作势欲夺杯子。他说："那咱一块干杯吧？"大们无动于衷，有人说："你愿喝就喝，不喝拉倒！"眼看无人响应，客气无奈地说："那我就先干为敬了！"说罢，一仰脖，一饮而尽。

饭桌上充满了轻松愉快地气氛。

第六辑

农家小院

老屋

　　一家人都住在城里，老屋在村里最好位置。母亲去世，即有村人直来，拐弯抹角要买；父亲去世，要买的人多了，他们顶不住，卖了。但没让他知道，他是死硬派，无论如何，不卖。可是几个兄弟姐妹仗着人多势众，没让他知道，把一沓钱送到家来，他才明白。

　　他火速往回赶。城离老家不到百里，交通方便，往常一个多小时就到了。可这次发生了意外，车行半道，一只轮胎瘪了，好在他带着工具，麻利地把那坏胎补好，继续前行。不久，路面变得颠簸不平，有人正在修路，路面上到处都是大大小小的坑，有些坑已经补好，像一块块补丁，没有补好的，车子就要小心绕开，车扭着麻花一样了。终于，一道栏杆横在路上，不由分说，无人值守，也没有标牌指示。无奈，只得调头。记得有一条小道，可以拐到他家，他只是听说，从没走过。还没细想，他已经走在这路上了。路是土路，曲里拐弯，时高时低，尘土飞扬，遮天敝日，各色汽车，灰头土脸慢慢前进。突然，又一道栏杆拦

194

住，两个老人，都头戴草帽，遮着半张脸，一个坐着操纵栏杆，一个站着向过往车辆收钱，旁边竖着一个纸牌，上面大红字写着："每车必停，集资修路，收费二十"，字似乎特意写得歪歪扭扭，不讲道理。这样的事多了，他不想啰嗦，伸出手机问，是支付宝还是微信？收钱的人答，啥都不要，就要现钱！但他已经很久不带现金，一是走得匆忙，二是现在步入了无现金时代。可收钱的人不管一二，让他"再找找"，他找出一盒没拆包的软中华，说，实在没带钱，要不用这盒烟来顶？老人仰起头，他这才跟他对上眼光，那眼光是洞悉一切的。老人斩钉截铁地说，一盒烟才几块钱？你倒会算账，不行，没钱就别过！后边许多车在鸣笛催促，他很愧疚，又加上一盒（他一共只有两盒），问，这总该行了吧？老人仍把草帽遮了半边脸，动了动嘴，往通行的那边撇了撇，示意放行。他感到像便秘突然通了，把前边的高低不平变成了平坦如砥。跑了一阵，方觉不妙，似乎离家越来越远了，他拿出手机打开导航，显示是陌生道路。事实上既没有旁路也没有斜路，只有脚下一条路，那就横下心往前走吧！那么多车走在路上，不见得人人都明白，不见得没人像他一样迷糊。他把准方向盘，一心一意驾车。

不知道过了多长时间，他终于看到自己的村庄了。车很快开到家门口，门前路很窄，正有一辆黑色的车子霸道地停着，他认出那是"路虎"，他的车子无法通行，只得停在后边。老屋已拆得面目全非，一伙陌生人正用一根粗长的麻绳把堂屋房梁拉倒。旁边一个胖子戴着墨镜，他认出是本村发了大财的二愣子，二愣子满脸堆笑的递给他一支烟，说："你这老屋风水不歪，我买下来是想盖个小楼。"他从不抽烟，还是接了过来，抽着抽着就晕倒了，坠下了万丈深渊。他惊醒过来，老屋确实不再存在了。